オオカミの時間

今そこにある不思議集

三田村信行

理論社

目次

III　ピストルをかまえろ！

IV　最後の王様

絵

佐々木マキ

装幀

池田進吾

(next door design)

Ⅰ　今そこにある不思議

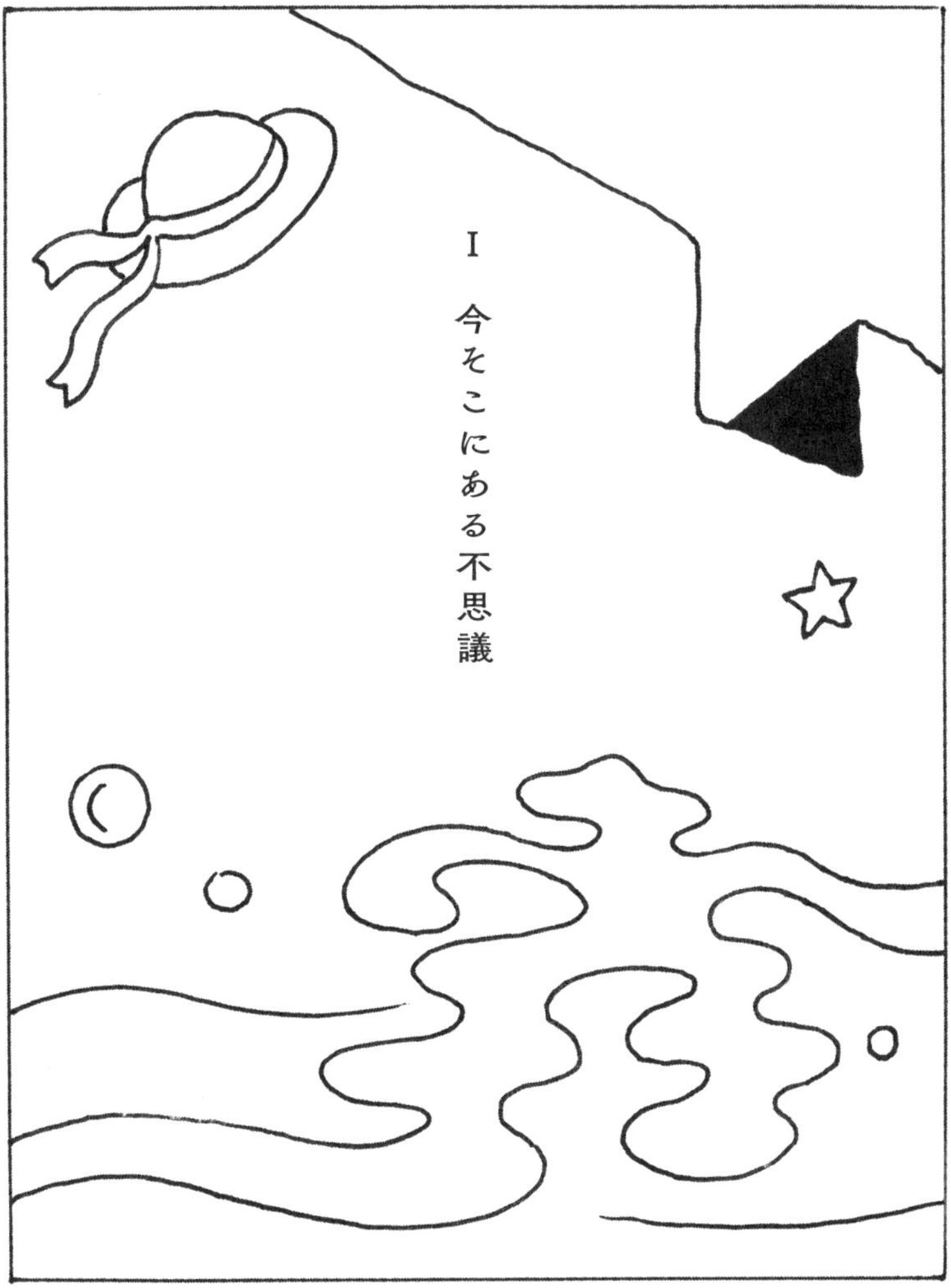

われたお面

一

　なつおは、毎年夏休みになると、千葉県のI市にあるおばあちゃんの家に一週間ほどとまりに出かける。

　小さいころ、ぜんそく気味だったなつおは、おばあちゃんの家にとまりに行って、ぜんそくがよくなった。それから、夏になると、おばあちゃんの家に出かけるのが、習慣になったのだ。

　おばあちゃんは、お父さんのお母さんで、おじさん、つまりお父さんの兄さんたちといっしょに暮《く》らしている。おじさんたちには子どもがいなかったから、なつおはいつでも大歓迎《かんげい》された。

　去年までは、お父さん、お母さんといっしょだったが、今年は、なつおひとりで行くことになった。お父さんは出張で、お母さんは「ママさんバレー」の大会に出場するために行けなくなったのだ。

毎年行っているところだから、ひとりでもべつに不安はなかった。かえって、なんだか一人前になったような気がして、悪い気分じゃなかった。

一両編成のディーゼルカーを降《お》りて、おばあちゃんの家まで歩いていこうと思ったのも、そんな気分のせいだったのかもしれない。ディーゼルカーの駅からおばあちゃんの家まで一里《り》、つまり四キロほどある。いつもはタクシーで十分ぐらいだが、歩けば一時間以上はかかるだろう。

駅から電話をかければ、おじさんが車で迎《むか》えにきてくれることになっていたが、なつおは電話をかけるのをやめにした。

「駅から歩いてきたっていったら、おばあちゃんたち、きっとびっくりするぞ」

おばあちゃんやおじさん、おばさんたちのおどろいた顔を思い浮《う》かべながら、なつおは歩きはじめた。

最初の二十分は快調だった。歩くのがこんなに楽しいとは思いもしなかった。いつもタクシーでさーっと通りすぎていく町の景色が、まるではじめて見るみたいに目に入ってくるのだ。

なつおは、景色をひとつひとつたしかめるように左右に首をふりながら、ゆっくりと歩いていった。

次の十分は、少し足の運びがにぶった。つかれてきたせいもあるが、町を出て、左右に田んぼが広がるようになり、景色にあきてきたこともあった。

その次の十分で、なつおは歩いてきたことを後悔《こうかい》するようになり、おばあちゃんの家がある集落の入り口まで来て、とうとうへたばってしまった。

「歩こうなんて思わなきゃよかったなあ」

なつおは、道ばたに腰《こし》をおろして、ぼやいた。入り口といっても、村まではこれから山道を三十分以上、歩かなければ行きつけないのだ。

なつおは、道ばたに腰をおろしたまま、通りかかる車を待ちかまえた。うまくいけば、村まで乗せていってもらえるかもしれない。

けれど、五分すぎても十分すぎても、一台の車も通らなかった。いや、通るには通ったのだが、どの車もみんな村の方には入らずに通りすぎていってしまったのだ。

「あーあ、この調子じゃあ、いくら待っても、しょうがないや」

なつおは、あきらめて、パジャマやゲーム機の入ったバックパックを背負《せお》い直して、のろのろと歩きだした。

しばらく歩いていると、後ろで車の音がし、軽トラックがなつおの横に止まった。

「大蔵《おおくら》に行くのかい？」

運転席から四十歳《さい》ぐらいのおじさんが顔をのぞかせた。大蔵というのは、村の名だ。

「はい」

なつおがうなずくと、おじさんはにっこり笑って、

「じゃあ、乗りなさい」

と、なつおを助手席に乗せてくれた。助手席には、なつおと同じぐらいの年の女の子が乗っていた。女の子は、ちょっと運転席の方によって、なつおに席をあけてくれた。

「大蔵のどこ？」

車が走り出すと、おじさんが聞いた。

「星野です」

なつおが答えると、おじさんはびっくりしたようになつおを見た。

「じゃあ、きみが、なつおくんかい？」

今度はなつおがびっくりする番だった。なんでぼくの名前を知ってるんだ？

「いやあ、星野のおばあちゃんに、いつもきみのことを聞かされてるんだよ」

おじさんは、そういって、親しげになつおに笑いかけた。

二

そのおじさんは月丘《つきおか》さんといって、三カ月ほど前に大蔵《おおくら》にやってきた人だった。女の子は、月丘さんのむすめで、めぐみという名前だった。

「めぐみは、小さいころからぜんそく気味でねえ。それで、都会よりは空気のいいところに住んだほうがいいだろうと、思い切ってわたしも会社をやめて、こっちへ来たんだよ」

月丘さんは、そういいながら、ちらっとめぐみの方を見た。

「もっとも、大蔵へ来ようといったのは、めぐみだったんだけどね」

月丘さんは、畑をかりて農業をやろうと思った。それで村の人に聞いてみると、そういうことなら、星野に相談したらいいというので、おばあちゃんのところに行ったんだそうだ。星野の家は、昔から村の世話役をしていたのだ。

こうして、月丘さんは、なつおのおじさんの世話で、村に家をかり、畑もかりて農業をはじめた。そして、なにかと行き来するうちにおじさんたちと親しくなり、なれない畑仕事なども、いろいろ助けてもらっているのだという。

そんなことを話しているうちに、車は大蔵に着いた。おばあちゃんの家では、そろそろ駅からなつおの電話が来るものと待っていたが、いつまでたっても電話がないので、心配して、おじさんが車で様子を見にいこうとしているところだった。

「駅から大蔵まで歩こうとしたんだって？」

おばあちゃんは、あきれたようになつおを見やった。

「でも、とちゅうでへばっちゃった」

なつおは頭をかいた。めぐみがおかしそうに笑った。

「さあ、さあ、なつおちゃん、くたびれたろう。うんと食べな。月丘さんもめぐみちゃんもどうぞ」

おばさんが、大きなおぼんにスイカを山もりにして持ってきた。

「ほう、うまそうですなあ。いただきます」

月丘さんはすぐさま手を出した。なつおも大きなひと切れを取ってかぶりついた。スイカのあまみと水っぽさがじわーっと口の中に広がっていった。

なつおは、夢中になってスイカにかぶりついたが、三切れ食べると、さすがにおな

かいっぱいになった。それで、

「ごちそうさまあ」

といって立ち上がり、奥《おく》の間《ま》に行った。

奥の間の壁《かべ》には、白い眉毛《まゆげ》に白いあごひげをつけた木ぼりの老人のお面がかかっている。「翁《おきな》」と呼《よ》ばれているお面だ。翁というのは、年をとった男の人のことをいうが、老人の顔をしたお面のこともそう呼《よ》ぶそうだ。そうとう古いものらしく、ところどころ塗《ぬ》りがはげていたり、しみのようなものがある。

なつおにはよくわからないが、お面作りの名人が作った名作だという。ただ、残念なのは、まっぷたつにわれていることだ。つまり、壁にかかっているのは、お面の左半分だけなのだ。

この「半面《はんめん》の翁《おきな》」には、次のような言い伝えがある。

今から四百年程前、戦いにやぶれた武将《ぶしょう》が、お城に火をつけて自殺した。このとき、武将にはふたりのおさない子どもがいた。ふたごの兄弟だったという。

武将は、家宝《かほう》（家の宝物《たからもの》）の翁の面を刀ですっぱりとふたつにわると、

「よいか。この先、たとえはなればなれになったとしても、翁の半面がおたがいをよびよせようとするから、必ず会うことができる。だから、面の半分を大事にして、け

っしてなくしてはいけない」

そう諭《さと》して、兄弟にそれぞれ半分の面をあたえた。

ふたごの兄弟は、家来たちに守られてお城の外にのがれたが、てきにおそわれ、はなればなれになってしまった。

ふたごの弟のほうは、何度もあぶないめにあったものの、なんとかのがれて、大蔵にやってきた。そして、それからずーっと大蔵で暮《く》らした。これが、おばあちゃんの家、つまり、星野のご先祖様にあたる。「半面の翁」がおばあちゃんの家の奥の間にかざってあるのは、こうしたわけからだ。

「いつの日か、この半分のお面が、もう半分をよびよせてひとつになったとき、はなればなれになったふたごの兄弟の子孫が、出会うと言い伝えられてきたんだよ」

小さいころ、おばあちゃんからそう聞かされてきたなつおは、大蔵に来るたびに、真っ先に奥の間にやってきて、翁の面がひとつになっていないかと、見てみるのだった。

今ではもう、そんなことを信じているわけではないが、やっぱり気になって、大蔵に来ると、つい奥の間に足が向くのだった。

「やっぱりここにいたのかい」

声をかけられて、ふりむくと、おばあちゃんがにこにこ笑いながら立っていた。

「ねえ、おばあちゃんは、このお面がひとつになるときがくるって、信じてるの？」

なつおは、思い切って聞いてみた。

「そうさねえ。ご先祖様がおっしゃったことだから、わたしは信じていたいねえ」

おばあちゃんは、そういって、じっと壁《かべ》のお面を見つめた。

三

あくる日、なつおは、村のはずれにあるつばき山に足を向けた。つばき山は、てっぺんに大きなつばきの木があるのでそう呼《よ》ばれているのだが、ここに登ると、村全体が見わたせる。なつおの好きな場所のひとつで、大蔵《おおくら》に来ると、必ず一度は登る。

たいして高い山ではないけど、けっこうきつい上りの所もある。なつおは、とちゅうで拾った木の枝をつえにしながら、登っていった。

しばらく登ると、石垣《いしがき》で囲ってある平らな場所に出た。ここは、星野家の墓地で、星野家のご先祖様から、三年前になくなったなつおのおじいちゃんまでのお墓がある。

なつおは、おじいちゃんのお墓にあゆみよって、手を合わせた。おじいちゃんも、なつおをよくかわいがってくれたのだ。

「じゃあ、おじいちゃん、またね」

そういって、なつおがおじいちゃんのお墓の前からはなれようとしたときだった。だれかのうめき声が聞こえた。見ると、墓地の奥《おく》の方にだれかたおれている。

「だれだろう。どうかしたんだろうか」

なつおは急いでかけよった。

そこは、古い時代のお墓がならんでいるあたりで、そのいちばん奥のくずれかけた墓石の前に、きのう会った月丘めぐみがたおれていた。

「おい、どうしたんだ?」

大きな声で呼びかけると、めぐみははっとしたように体を起こし、

「ここはどこ? あたし、どうしてこんな所にいるの?」

夢からさめたような顔つきであたりをきょときょと見回している。

「しっかりしなよ、だいじょうぶかい?」

べつにけがをしている様子はない。なつおが手をさしだすと、めぐみはその手にすがって立ち上がった。

「ねえ、ほんとに、ここはどこなの？」

「ここは、つばき山の星野の家の墓地だよ。どうしてこんなところにやってきたんだい？」

「それが、あたしにもわかんないの」

めぐみは、わけがわからないというように、頭をふった。

「あたし、さっきまで、うちで本を読んでたんだ。とちゅうでねむくなってきて、うとうとっとしたのは覚えてる。で、気がついたら、ここにいたのよ。これって、どういうこと？」

そういわれても、なつおには答えようがなかった。

「自分でもわかんないうちにこんな墓地に来てたなんて、なんだか気味が悪い」

めぐみは、ぶるっと肩《かた》をふるわせた。

「あたし、帰るわ」

「じゃあ、家まで送っていってあげるよ」

なんだか気分が悪そうだったので、なつおはそういった。

「ありがとう」

めぐみは、ほっとしたように頭を下げた。

四

それから三日後の夜のことだった。

ボーン、ボーン、ボーンというふりこ時計の音でなつおは目を覚ました。

このふりこ時計はずいぶん古くからおばあちゃんの家にあるもので、ふりこも大きく、時を知らせる音も重く大きい。

音は、十二回鳴って、やんだ。あたりがしーんとまた静まりかえった。もう一度ねむろうと目を閉《と》じたなつおの耳に、カタンという物音が聞こえた。奥《おく》の間《ま》からだった。

「なんだろう？」

なつおは、起き上がって、奥の間に行き、明かりをつけた。壁《かべ》にかけてあった翁《おきな》のお面が、たたみの上に落ちていた。

「なんだ、これか」

引っかけてある壁のくぎでもぬけ落ちたのだろう。なつおは、手をのばしてお面を拾い上げようとした。そのとたん、お面がひらっと舞《ま》い上がったかと思うと、なつおの顔にぴたりとはりついた。

「わっ」

なつおは、びっくりして、お面をはがそうとしたが、まるで接着剤《せっちゃくざい》ではりつけたように、どんなに力をいれてもはがれない。

「な、なんだ。どうしたんだ……!?」

思いもよらない出来事に、なつおがうろたえていると、とつぜん、頭の中で声がひびきわたった。

「つばき山へ行け！」

声は、命令するように同じことばをくり返した。

「つばき山へ行け！」

なつおは、バネじかけの人形のようにとびあがると、奥の間《おくま》から走り出た。そして、そのまま家の外にとびだすと、むがむちゅうでつばき山に向かって走っていった。

息を切らしながら星野家の墓地まで走り上ってきたなつおは、そこではっと息をのんで立ち止まった。墓地の奥に白い人影《ひとかげ》が立っているのが見えたのだ。

なつおは、ものも言わずに墓地にかけこんだ。人影が立っているのは、こないだ月丘めぐみがたおれていた墓石の前だった。そして、月明かりに照らされたその人影は、白いパジャマを着ためぐみだった。めぐみも、なつおと同じように、半分の翁《おきな》の面をつけている。

ふたりは、ことばもなく、見つめ合った。と、そのとき、なつおの顔から翁の面がひとりでにぽろりとはがれた。同時にめぐみの顔の面もはがれおちた。

それぞれの面は、まるで生きてでもいるようにひらっと宙《ちゅう》に舞《ま》い上がったかと思うと、からみ合いながらなつおとめぐみの足もとに落ちてきた。ふたりはおどろきに目を見張った。半分ずつの面は、ぴったりと合わさってひとつになっていた。

「じゃあ、きみが……」

なつおは、ゆっくりとことばをはき出した。

「ふたごの兄さんのほうの子孫だったんだ」

「どういうこと？」

めぐみはなにも知らないらしい。なつおは、おばあちゃんから聞いていた言い伝えを話してやった。

「そうだったの……」

話を聞き終えて、めぐみはふうーっと大きな息をついた。

「何百年も言い伝えられてきた話は、本当だったんだ」

「本当になんにも知らなかったの？」

「ええ。でも、今考えてみると、不思議なことがあったわ。半年くらい前のことなんだけど、変な夢を見たのね。白い着物を着たおじいさんが夢に出てきたんだけど、顔が右半分しかないのよ。左半分は、かげみたいに黒っぽくなってるの。そうして、そのおじいさんが、ぜんそくを治したかったら、大蔵へ行けっていうのよ」

めぐみは、その夢を何度も何度も見たという。ちょうどそのころ、めぐみのお父さんとお母さんは、めぐみのぜんそくを治すために、どこか空気のいい所へ引っこそうと考えていたので、めぐみは夢のことを思い浮《う》かべて、それなら大蔵というところがいいといった。それで、思い切ってみんなで大蔵へやってきたのだという。

「そうか。半面の翁《おきな》が、おたがいをよび合ったんだ」

なつおは、おばあちゃんから聞かされたことを思い出しながらいった。

「そうみたいね。あたしは、今までこんなお面がうちにあったなんて知らなかったんだけど、さっき、ふっと目が覚めたら、まくらもとに転がってたんだ」

よく見ると、それが前に夢に出てきたおじいさんの顔とそっくりだったので、不思議に思っためぐみは、手に取ってみた。とたんに、お面はひらっとめぐみの手からはなれて、顔にはりついた。

おどろいてはがそうとしたが、はがれない。そして、頭の中で「つばき山へ行け！」という声がひびいた。めぐみは、その声にみちびかれるようにして、つばき山へやってきたのだという。

「ここ、この前、あたしがたおれていたところよね。どうしてあたしたち、ここへやってきたのかしら」

めぐみは、首をかしげながらあたりを見回した。

「もしかしたら……」

あることに思い当たって、なつおは墓石にかけよった。思ったとおり、そのお墓は、星野のご先祖様の墓だった。

「ご先祖様のたましいが、ぼくたちをここによびよせたんだよ」

なつおはそういいながら、翁の面を拾い上げて墓石の前に置いた。月の光を浴びて、翁の面はおだやかな笑いを浮かべていた。

六

見るなの鏡

世の中で、いちばんこわいものは、なんだろう。
妖怪《ようかい》？
お化け？
それともゆうれい？
たしかにそれらもこわいけど、じつは、もっとこわいものがある。
それは、鏡だ。
鏡の前に立っているのに、鏡になにも映《うつ》っていなかったとしたら？
あるいは、鏡に自分とは違《ちが》う顔が映っていたとしたら？
それがいちばん、こわい。
たとえば、ムネタ・ムネオの身に起こったことのように――。

ムネオの家の玄関《げんかん》には、大きな鏡があった。二階に上がる階段《かいだん》のわきの壁《かべ》につるしてある。横三五センチ、たて一二五センチの長方形の鏡で、鳥や花の彫刻《ちょうこく》が彫《ほ》ってあるふちかざりがついたりっぱなものだ。

お父さんが、朝会社に出かける時、ネクタイのぐあいを直したり、お母さんが、おしゃれをして外出する時、着ている服が似合っているかどうか、ためつすがめつしたりするのに使う。

ムネオがその鏡をのぞくことは、ほとんどない。学校に行く時は、「行ってきまあす」と、だだっと玄関をとびだしていくし、帰ってきた時は「ただいまあ」と叫《さけ》ぶなり、一直線に二階にかけ上がってしまうから、鏡など見ているひまはないのだ。

たまに見ることはあっても、ちらっと横目で見るだけで、自分の顔を鏡に映してまじまじと見ることはない。ようするに、玄関の鏡は、ムネオにとってはあってもなくてもいいようなものだった。

そんな鏡とムネオの関係が、がらっと変わったのは、夏休みが終わって二学期がはじまったころのことだった。ある朝、ねむい目をこすりながら二階から下りてきたムネオは、なんの気なしにちらっと鏡に目をやった。そして、

「なに、これ！」

思わず叫《さけ》んでしまった。

鏡に顔が映《うつ》っていなかったのだ。あわてて目をこすり、もう一度見直してみた。すると、顔はちゃんと映っていた。

「なんだ、ねぼけてたんだ」

ムネオはにがわらいした。

学校にいるあいだは、鏡のことをすっかり忘《わす》れていたが、家に帰ってきた時、ふっと思いだした。

「まさか、朝みたいなこと、ないだろうな」

ムネオは、そろそろと玄関《げんかん》のドアを開けて、中にはいった。そこからは、せまい板の間をへだてて、正面に鏡がある。長細いから、頭から足の先まで、ほぼ全身が映っている――はずだった。

映っていなかった。

後ろにある玄関のドアや、わきにある蘭《らん》の鉢《はち》などは、はっきりと映っているけれど、ムネオの姿《すがた》だけが映っていないのだ。

「どうなってるんだよ！」

ムネオは呆然《ぼうぜん》として、朝と同じように目をこすった。すると、鏡の表面にぼーっとうすい影《かげ》が浮《う》かびでてきた。そのままじっと見ていると、影《かげ》はどんどん濃《こ》くなっていき、やがて人の姿になった。ムネオ自身だ。

鏡は、いつもどおり、その前に立つものをすべて映しだしていた。どこにもおかしいところはない。

「どうなってるんだ……」

ムネオは首をかしげ、同じことばをくりかえした。

「だあれ。ムネオ？」

リビングからお母さんの声がした。

「ただいま！」

ムネオはスニーカーをぬいで板《いた》の間《ま》にあがると、二階に向かった。階段《かいだん》をのぼるとき、ちらっと横目で見ると、鏡にはたしかに自分の横顔が映っていた。

「鏡じゃなくて、ぼくの目がおかしいのかもしれない」

そう思ったムネオは、洗面所《せんめんじょ》に行って、化粧台《けしょうだい》の鏡をのぞいてみた。鏡にはちゃんと自分の顔が映っている。念のために、お母さんの鏡台でもためしてみたが、やっぱり同じだった。

「おかしいのは、あの鏡だ」

そうとわかると、少しほっとした。

「お母さん、あの鏡、どこで買ったの」

ムネオはお母さんに聞いてみた。

「あの鏡って？」

「ほら、玄関《げんかん》にある大きな鏡だよ」

「ああ、あれね。あれはたしか、〇〇家具店で買ったはずよ」

〇〇家具店は、有名な家具のチェーン店だ。そういうところで買ったのなら、ごくふつうの鏡にちがいない。魔力《まりょく》や呪《のろ》いのかかった鏡であるはずがないだろう。

もうひとつ、おかしなことがあった。お父さんやお母さんは、いつもどおり、あの鏡でネクタイを直したり、服の着ぐあいをためしたりしているのに、別になんにもいわないのだ。お父さんやお母さんは、ちゃんと鏡に映《うつ》っているのだろう。ということは、へんてこなことが起こるのは、ムネオだけということになる。

なぜそうなのか、ムネオにはさっぱりわからなかった。もしかしたら、鏡がムネオを選んでいるのかもしれない。

ムネオは気になって、それからも何度も玄関の鏡をのぞいてみた。すると、鏡にうすい影《かげ》が浮《う》かびでてくるまでの時間が、だんだん長くなっていくのに気がついた。はじめは十秒ぐらいだったのが、二十秒、三十秒と長くなり、一分を過ぎても影が現れないこともあった。

「もしかして、いつまでたっても現れなくなったりして……」

そんな不安にかられたが、ともかく、玄関の鏡さえ見なければ、どうということはないので、ムネオは、鏡の前を通るときは、かならず目をつむることにした。

そんなふうにしてひと月ほど過ぎたある日のことだ。

学校から帰ってきたムネオは、玄関のドアを開けて、うっかり正面の鏡に目がいってしまった。いつものとおり、鏡にはムネオが映っていない。ムネオは、そのまま立って、影が現れるのを待った。けれど、一分たっても、影は一向に現れない。二分たっても、三分たっても、四分、五分とたっても、鏡に映っているのは、玄関のドアと蘭《らん》の鉢《はち》だけだ。

「もう、この鏡は、ぼくを映さなくなったんだ」

ムネオがそう思ったときだ。がたりと背後《はいご》のドアが開いて、スーパーの袋《ふくろ》をさげたお母さんがはいってきた。

「帰ってたのね、ムネオ。なんでそんなとこにつったってるの？」

「お母さん、見て。鏡にぼくが映《うつ》ってない」

ムネオは、鏡を指さした。

「なにいってるの？」

お母さんは、へんな顔つきで鏡とムネオをかわるがわる見やった。

「ちゃんと映ってるじゃないの。くだらないこといってないで、さっさと上がりなさい」

お母さんは、ムネオを押《お》しのけるようにして板の間に上がり、リビングに行ってしまった。

「お母さんには、鏡にぼくが映っているのが見える。だけど、ぼくには見えない……」

ムネオは、もう、なにがなんだかわけがわからなくなった。

のろのろとスニーカーをぬいで、ムネオは板の間に上がった。階段《かいだん》をのぼろうとして、もう一度鏡に目をやった。すると、鏡にぱっとなにかが映ってすぐに消えた。

「なんだ？」

ムネオは、目をこらして、じっと鏡を見つめた。するとまた、ぱっとなにかが映って、すぐに消える。それが何回もくりかえされるのだ。見つめているうちに、それがなんだかわかった。人影《ひとかげ》だ。黒っぽい人影が、鏡の右の端《はし》から左の端へ、左の端から右の端へと、かわりばんこに駆《か》け抜《ぬ》けていくのだ。

ムネオは、後ろをふり返ってみた。蘭《らん》の鉢《はち》が置いてあるだけで、玄関《げんかん》にはだれもいない。どうやら黒っぽい人影は、鏡の中にいるようだ。

「おい、こっちを向け！」

ムネオは、鏡の中を駆け抜けていく人影に向かって叫《さけ》んだ。すると、人影が鏡の真ん中で止まり、ゆっくりと正面を向いた。それは、ムネオとまったく同じ顔の男の子だった。

「そうか。お母さんが見たのは、こいつだったんだ！」

ムネオが叫ぶと、鏡の中のムネオがにやりと笑ってうなずいた。そして、右手をあげて、こっちへこいというように、手招きした。

「やめろ！」

ムネオは、身をひるがえして板の間をかけおり、蘭の鉢をかかえあげると、力いっぱい鏡に向けて投げつけた。鏡がこなごなにくだけると同時に、ムネタ・ムネオもこの世界から消えてしまった。

世の中でいちばんこわいものは、鏡だ。

歯ぬけ団地

その団地は、できてからもう五十年ちかくたっている、古い団地でした。外壁《がいへき》は何度も塗《ぬ》りなおしているので、遠くからだときれいに見えますが、近くに寄って見ると、乾燥《かんそう》したお餅《もち》みたいに、ひびわれがあちこちにあります。五階建てですが、エレベーターはありません。すりへった階段《かいだん》をいちばん上までのぼると、お年寄りは息を切らしてしまいます。お年寄りでなくても、たいていの人は、途中《とちゅう》の踊《おど》り場でひとやすみします。

　この団地ができた時は、しゃれた外観と最新の設備、ダイニングキッチンやリビングなど、当時としては目新しい洋風の間取りがたいへんな人気をよんで、入居希望者がたくさんあったために、抽選《ちゅうせん》になりました。運よくくじに当たった人は大喜びでした。そして、そうした人たちの暮《く》らしぶりが、〝ニューホーム・ニューファミリー〃などと題されて雑誌《ざっし》に紹介《しょうかい》され、抽選《ちゅうせん》にはずれた人たちをうらやましがらせたものです。

たくさんの人たちが、この団地で暮《く》らし、子どもたちを育てました。団地のとなりには小学校と中学校があって、団地の子どもたちはそこに通いました。団地の広場には、小さな公園もあり、近くの幼稚園《ようちえん》児や小学生がいつも遊んでいました。中学生が五、六人でやってきては、わいわい騒《さわ》いでいることもありました。

広場をとりかこむようにして、スーパーマーケットをはじめ、肉屋、惣菜《そうざい》店、酒屋、魚屋、蕎麦《そば》屋、雑貨屋、ケーキ店、洋品店、花屋などが立ち並《なら》び、団地の人びとの生活を支えていました。市の図書館の分館もあって、本好きの子どもたちやお年寄りが、いつも利用していました。そのとなりには内科・小児科の医院があるので、病気になっても安心でした。

夏になると、団地の広場では盆踊《ぼんおど》り大会が開かれました。広場の真ん中に櫓《やぐら》が組まれ、団地の人たちは、お年寄りから若者《わかもの》たち、小さな子どもまで、浴衣《ゆかた》を着て踊《おど》りました。まわりには焼きトウモロコシやフランクフルト、焼きそば、たこ焼き、リンゴ飴《あめ》、チョコレートバナナなどの屋台が立ち並び、子どもたちがむらがります。

クリスマスが近づくと、広場の真ん中に大きなクリスマスツリーがたてられ、金銀のモールや色とりどりのイルミネーションでかざりたてられます。子どもたちは、夜になると、自宅《じたく》のベランダに出て、光り輝《かがや》くクリスマスツリーをいつまでもながめるのでした。そのほか、餅《もち》つき大会、野菜祭り、アニメ映画《えいが》上映会《じょうえい》、素人《しろうと》演芸会など、さまざまなイベントが広場で行われ、団地に住む人たちを楽しませました。また、自治会が組織され、読書サークルやテニスサークル、生け花教室などが生まれました。

この団地には、生活に必要なものはすべてそろっていました。そのうえ、教育や文化、娯楽《ごらく》、医療《いりょう》も身近なところで得ることができます。団地はひとつの世界でした。人びとは、この団地の便利さと居心地のよさに満足し、この団地での暮らしを大いに楽しんでいました。

けれど、子どもが小さかったり、ひとりだったりした時には快適な生活だったのですが、子どもが大きくなり、また、ふたり、三人とふえてくると、しだいに快適さが失われるようになってきました。団地の間取《まど》りはたいていが二ＬＤＫか三ＤＫで、それもひとつひとつの部屋がそれほど広くないので、子どもたちが大きくなったり、ふえたりすると、どうしても手狭《てぜま》になってきたのです。

ちょうどそのころ、景気がよくなって、マンションブームが起こり、適当な値段《ねだん》で間数《まかず》も多く、部屋も広いマンションを買うことができるようになりました。また、一戸建ての家を手に入れることも、それほどむずかしくなくなりました。そこで、多くの人が団地を出て、マンションにはいったり、一戸建ての家に移ったりしました。そのあとには、それまで団地よりせまいアパートに住んでいた人たちが、移ってきました。

団地に残った人たちのところでも、子どもたちが就職《しゅうしょく》したり結婚《けっこん》したりして、団地を出ていき、あとには両親だけが残るようになりました。あとから団地にやってきた人たちのところでも、子どもたちが大きくなると両親を残して団地を出ていきました。そのころには景気が悪くなってきて、一戸建てを購入《こうにゅう》するのもむずかしく、親たちは団地住まいをつづけながら、年をとっていきました。

こうして、団地の外壁《がいへき》が五度塗《ぬ》り替《か》えられたころには、団地に住まう人たちの大半がお年寄りになってしまいました。公園で遊ぶ子どもたちの姿《すがた》は、もうありません。滑《すべ》り台には穴《あな》があき、ブランコの鎖《くさり》はさびつきました。広場のまわりの商店も、スーパーをのぞいてほとんどの店がシャッターをおろしっぱなしになりました。お年寄りの買い物は、ほとんどスーパーで間に合うために、買い物客がこなくなってしまったのです。内科・小児科の医院は、院長先生が亡《な》くなったあと、継《つ》ぐ人がいなかったために、閉鎖《へいさ》されました。図書館の分館も、駅前に新しい分館ができたので、これも閉鎖されました。

今では、広場で盆踊《ぼんおど》り大会が開かれることもなくなりました。クリスマスツリーがかざられることもありません。広場にしきつめられた敷石《しきいし》は、あちこち欠けたりひびがはいったりしていて、その間から雑草が頭を出していました。団地の管理費は、住んでいる人たちから集めて貯《た》めているのですが、外壁《がいへき》の塗り直しにほとんど使われてしまって、広場の敷石の取り替えまではまわらないのでした。この団地が、できたころには雑誌《ざっし》にとりあげられるほどで、この団地に住むことに憧《あこが》れる人がたくさんいたことなどを知っている人も、ほとんどいなくなりました。

すっかり古くなってしまったこの団地を建《た》て替《か》えようという話は、これまでにも何回かあったのですが、そのたびに住んでいる人たちの反対で、実現しませんでした。というのも、建て替えには莫大《ばくだい》な費用がかかり、その費用の何分の一かは住んでいる人が負担《ふたん》しなければならなかったからです。一人当たり何百万円という額で、そんなお金をぽんと出せる人は、ほとんどいませんでした。

ところが、ここへきて、建て替える必要がなくなったことがわかってきました。ある現象が起こったからです。

その現象が最初に起こったのは、三号棟《ごうとう》の五〇六号室でした。この部屋に住んでいたのは、一人暮《ひとりぐら》しのおじいさんで、この団地ができた時に抽選《ちゅうせん》に当たって入居した人たちのひとりでした。そのころ三十代だったおじいさんは、奥《おく》さんと五歳《さい》のむすめとともに、小さな借家から団地に引っ越《こ》しました。それから四十年あまり、この団地に住みつづけてきたのです。

団地に入居してから二十年後に、むすめが結婚《けっこん》して団地を出ていきました。その五年後、むすめは男の子を産みましたが、二年後に病気で亡《な》くなり、孫は向こうの親に引き取られました。それから数年後に奥さんが乳《にゅう》がんになり、長い闘病《とうびょう》生活のあと、五年前に亡くなりました。それ以来、おじいさんは一人暮しをつづけているのでした。

最初のうちおじいさんは、その現象がはじまったことに気がつきませんでした。ある日、ふと部屋を見まわして、なにかおかしいと首をひねった時には、もう現象ははじまっていたのです。

せまいリビングの壁《かべ》にかけてあった名画の額がなくなっていました。額がかけてあった部分だけ壁がよごれていなかったので、気がついたのです。

「おかしいな。はずした覚えはないんだが」

おじいさんは、首をひねりました。それでもはずしたのを忘《わす》れているのかと思いながら、あちこち探《さが》しましたが、見つかりません。そのかわりに、サイドボードの上においてあった造花をかざった花瓶《かびん》と、昔、奥さんと北海道に旅行した時に買った鮭《さけ》をくわえた熊の木彫《きぼ》りがなくなっているのに気がつきました。

「空き巣にはいられたか？」

そう思いましたが、玄関《げんかん》のカギはちゃんとしていますし、窓《まど》ガラスも割《わ》られてはいません。だいいち、名画は複製ですし、造花も木彫りの熊も、わざわざ盗《ぬす》みだすほど価値《かち》のあるものでもありません。結局、わけがわからないながら、たいしたことでもないので、おじいさんはそのままにしておきました。

すると、次の日、今度は玄関の隅《すみ》にたてかけてあった杖《つえ》や散歩の時にはいていくスニーカー、帽子《ぼうし》などがなくなっていました。どこかへしまい忘れたかと、部屋中探してみましたが、見つかりません。そして、前の日と同じように、探す途中《とちゅう》で置き時計や電気スタンド、護身用の木刀、くずかご、奥さんとむすめの写真をかざった写真立てなどが消えていることがわかりました。

おじいさんは、ようやく自分のまわりで異様《いよう》な現象が起きていることを理解しました。自分の身のまわりの物が、次つぎに〝消失〟する現象です。なんでそんな現象に自分が見舞《みま》われたのか、さっぱりわかりません。どうやったらこの現象を止められるのかも、わかりません。ただ、ひとに相談してもどうしようもないことだけはわかりました。身のまわりの物がひとりでに消えていくなんて、だれにも信じてもらえないにきまってます。あるいは、自分でしまうか捨《す》てるかしたのを忘《わす》れている——認知《にんち》症《しょう》を疑《うたが》われるだけでしょう。

「どういうことなんだ……」

目に見えないだれかが家の中を歩きまわって、かたっぱしから物を隠《かく》しているような気がして、おじいさんはなんだか気味がわるくなってきました。

「なんとか、このへんてこな現象がやまってくれないものか……」

おじいさんは、それこそ神や仏にすがるような思いで願っていましたが、その願いもむなしく、消失現象はそれからもつづきました。

ある朝、朝食の用意をしようとして食器棚《しょっきだな》を開けたおじいさんは、呆然《ぼうぜん》としてその場に立ちつくしました。食器棚にはいっていた皿や茶碗《ちゃわん》やコップや湯飲みが、あとかたもなく消《き》え失《う》せていたのです。食器棚の食器は、昨夜はちゃんとそれぞれの場所におさまっていました。晩《ばん》ご飯に使ったものも、洗《あら》ってしまっておいたのですから、たしかです。それが、一夜のうちにごっそりなくなっているなんて、普通《ふつう》では考えられません。

やかん、鍋《なべ》、ポット、レンジ、電気釜《でんきがま》、冷蔵庫《れいぞうこ》、洗濯機《せんたくき》、サイドボード、洋服ダンス、椅子《いす》、テーブル、机《つくえ》……小さいものから大きいものへ、消失は毎日のようにつづき、半月ばかりのうちに、五〇六号室に残っているのは、おじいさんとベッドだけになってしまいました。

「そうか。そういうことだったのか」

あちこちにしみやひび割《わ》れのある壁《かべ》にかこまれたからっぽの部屋を見まわしながら、おじいさんはふいにさとりました。

「消えたのは、もういらなくなったから、必要がなくなったからだ。ということは……」

おじいさんは、その先を口には出しませんでした。

その翌日《よくじつ》、おじいさんはベッドもろとも〝消失〟しました。そして、まったくからっぽになった五〇六号室も、そっくりそのまま消えてなくなりました。五〇六号室は、三号棟《ごうとう》の真ん中にあったので、五〇六号室が消失したためにそこだけぽかっと大きな穴《あな》があき、ちょうど歯がぬけたような感じになりました。

三号棟の五〇六号室からはじまった消失現象は、一号棟、五号棟、六号棟、一〇号棟……と、伝染病《でんせんびょう》のようにたちまちほかの号棟にも広がっていきました。部屋が消失してあちこち穴《あな》のあいた号棟が立ち並《なら》ぶ団地は、いつしか「歯ぬけ団地」と呼《よ》ばれるようになりました。

消失現象は、今もつづいています。歯ぬけはますますひどくなり、団地のほぼ三分の二にまで広がっています。このぶんだと、団地がすっかり消失して、ここで暮《く》らしていた人たちのことが、人びとの記憶《きおく》からぽこっと消えてしまうのは、時間のもんだいでしょう。うわさでは、大手の不動産会社が、跡地《あとち》に高層《こうそう》マンションを建てるプロジェクトを立ち上げたそうです。

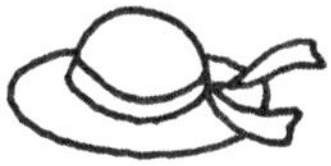

白い少女

ぼくは、毎日、朝まで仕事をしています。終わるのは、だいたい朝の五時ごろのことで、それから、家から十分ぐらいのところにあるT川に出かけます。そして、土手に腰《こし》をおろし、だれもいない川原ごしに川の流れを見ながら、つかれた頭をやすめたり、新しい作品のすじなんかを考えたりするのです。

それから家にもどって、お昼ごろまで寝《ね》るのが、ぼくの毎日の暮《く》らしです。

九月のある日のことです。いつものように、仕事を終えてT川に出かけてみると、いつもぼくがすわっている土手のくさむらに、ひとりの女の子がすわっていて、じっと川を見ていました。白い半そでのワンピースをきて、白いぼうしをかぶった、三年生か四年生ぐらいの女の子です。

「やあ」

ぼくは、女の子に声をかけて、そのとなりにすわりました。女の子は、ちらっとぼくの方を向きましたが、なにもいわず、すぐに川の方に目をもどしてしまいました。

「こんなに朝早く、なにをしているんだい」

ぼくは、聞いてみました。

「散歩かい？」

近くに犬でもいるのかなと思って、見回してみましたが、いません。

女の子は、ぼくの声が聞こえなかったみたいに、だまっていましたが、ぼくがもういちど口をひらこうとしたとき、

「待ってるの」

と、ひくい声でいいました。

「待ってるって、だれを？」

けれど、女の子は、それっきり口をとじて、川を見つめているばかりでした。

ぼくは、そこに三十分ぐらいいて、家に帰ってきましたが、途中《とちゅう》でふり返ってみると、女の子は、まだ土手にすわっていました。

あくる日もぼくは、仕事を終えてT川に行きました。すると、女の子がきのうと同

じ場所にすわって、川を見ていました。

「やあ、今日もいるね」

ぼくは、女の子に声をかけて、となりにすわりました。

「やっぱり、待ってるのかい?」

女の子は、だまったまま、こくりとうなずきました。

「ねえ、だれを待ってるんだい?」

聞いてみましたが、女の子は、きのうと同じように、返事もせずに、川を見つめていました。

次の日も、女の子は、土手にすわって川を見ていました。ぼくを見ると、女の子はちょっと笑って、

「もうすぐだわ」

といいました。

「なにがもうすぐなんだい?」

聞きかえすと、女の子は、だまって川の方に目をもどしてしまいました。でも、そのようすは、なんだかうれしそうでした。

その日、ぼくは、昼すぎにおきると、電車に乗って川向こうの町に出かけました。人に会う用事があったのです。

用事をすませて、駅に向かって歩いていると、通りの向こうがわを歩いている女の子が目にとまりました。白い半そでのワンピースに白いぼうし。

「あの女の子だ……」

毎日、朝の五時に、川のほとりにすわってだれかを待っている女の子。あの女の子は、なにものなんだろう。いったいだれを待っているんだろうか？

ぼくは、女の子がどこへ行くのか、つきとめてやろうと決心しました。そうすれば、女の子のなぞがとけるかもしれないと思ったのです。

ぼくは、通りをわたり、少し間をおいて、女の子を追いかけはじめました。さいわい、女の子はわきめもふらずに歩いていて、後ろをふり返りもしなかったので、ついていくのはらくでした。

しばらくすると、女の子は、通りを右にまがりました。そこは、同じような家が立ち並《なら》んでいる住宅地《じゅうたくち》でした。女の子は、そのうちの一けんの家にすたすたと入っていきました。

「ははあ、ここがあの子のうちか」

そう思いながら家の前を通りすぎようとしたとき、げんかんのドアがあいて、女の人がなんだかあわてたようにとびだしてきました。

女の人は、だれかをさがすように、通りの左右をなんども見回していましたが、やがてあきらめたように首をふり、家の中にもどろうとして、そこに立っているぼくに気がつきました。

「あのう……」

女の人は、えんりょがちに、声をかけてきました。

「白いぼうしをかぶって、白い半そでのワンピースをきた三年生ぐらいの女の子を見かけませんでしたか」

「なんですって？」

ぼくは、ちょっとおどろいて、女の人を見つめました。その子なら、たった今、家の中に入っていったはずなのに——。

そのことをいおうと思ったとき、きゅうにザーッと強い雨が降《ふ》ってきました。女の人は、すみませんというように、ちょっと頭をさげて、家の中にかけこんでいき、ぼくも、あわてて駅に向かって走りだしました。

雨は、それからずーっと降《ふ》りつづけ、夜になってもやみませんでした。テレビのニュースでは、夜中から明け方にかけて大雨になるので、注意してくださいといっていました。ぼくは、はげしい川の流れのような雨の音を聞きながら、仕事をつづけました。

「さあて、このくらいにしとこうか」

朝の五時ごろになって、ぼくは、ようやく仕事をやめました。気がつくと、雨の音が聞こえません。おもてに出てみると、雨はすっかりあがっていました。

ぼくは、そのままT川に向かいました。

T川についたとたんに、ぼくは「おーっ」と思わず声をあげてしまいました。ひとばんじゅう降りつづいた雨で、川の水かさがふえ、茶色くにごった水が、川原にあふれ、土手のすぐ下まできていたのです。しかも、うずをまきながら、はげしく流れています。

そして、土手の上のいつもの場所には、あの女の子がいました。はげしく流れるにごった水をじっと見つめています。

「あぶないよ！　足でもすべらせたら、どうするんだ」

ぼくは、あわててかけよりました。すると、女の子は、すっと立ち上がり、

「来た！」
と叫《さけ》んで、上流の方を指さしました。見ると、なにか白っぽいものが、こっちに向かって流れてきます。そして、うずにおしながされるようにして、土手の下までやってきました。それは、白いぼうしに白い半そでのワンピースをきた女の子の死体でした。あお向けになっている顔は真っ青でしたが、土手の上の女の子と同じ顔でした。背《せ》すじがこおるような思いで見つめていると、土手の女の子が、しずかに水ぎわまでおりていき、ふわりと死体にかさなったかと思うと、ふっと消えてしまいました。死体は、ふたたび、にごった水におしながされるようにして、下流の方に流れていきました。

その日のお昼のテレビは、T川の下流で見つかった、白いぼうしに白い半そでのワンピースをきた女の子の死体のニュースで大騒《おおさわ》ぎでした。

その子は、二週間ばかり前から、行方不明《ゆくえふめい》になっていたのです。

「きのうのお昼すぎ、あの子はうちに帰ってきたんです」

テレビで、あの女の人がいっていました。

「いきなり、わたしの前にあらわれたので、びっくりして声をかけようとしたら、ふっといなくなってしまいました。あわてておもてにとびだして、さがしましたが、どこにも見えませんでした。あれは、あの子の霊《れい》が、今日のことをわたしに知らせにきたんです。そうにちがいありません」

女の人は、そういって、はげしく泣きだしました。そう。ぼくが見たのも、あの女の子の霊だったのでしょう。

その後のしらべで、あの女の子は、ひとりでT川に遊びにいき、足をすべらせて川に落ち、おぼれて死んだのだということが、わかりました。そのときあたりには人がいなかったので、女の子がおぼれたことはだれにも知られなかったのです。

おまけに、死体が、川底の大きな石の間にはさまって、浮《う》かび上がってこなかったために、行方不明となったのでした。

ところが、きのうからの大雨で、川の水かさがふえ、流れもはげしくなったために、死体が石の間からはなれ、浮《う》き上がって、ただよいはじめたのです。

あの女の子は、それを待っていたのです。自分自身を待っていたのでした。

木の伝説

ぼくの家から駅にいくまでのあいだに、ちょっとした公園があります。公園といっても、ブランコもなければ、すべり台や砂場《すなば》もなく、腰《こし》をおろして休むベンチひとつありません。

まわりを柵《さく》でかこんだ空き地の真ん中に、ただ一本の木が立っているだけなのです。

それでもそこは、市の公園緑地課で管理されている公園なのです。月に何回か、市の職員が木のまわりをそうじしにくるのでも、わかります。ようするに、そのただ一本の木のために、そこは公園になったのです。

なぜそうなったのか。それを説明するためには、その木にまつわる伝説を語らなければなりません。

それは、こんな伝説です。

昔、といってもそんなに昔というわけではありませんが、ひとりの少年がいました。天才でも神童でもなく、どこにでもいるような平凡《へいぼん》な男の子です。かわっているといえば、本が好きだったということぐらいでしょうか。

本が好きといっても、読むわけではありません。ただ開くだけです。

お父さんが出版社につとめていたので、少年の家にはたくさんの本がありました。ある日、宿題の調べごとをするためにお父さんの書斎《しょさい》にはいって、百科事典を開いた少年は、ページのあいだに千円札がはさまっているのを見つけました。

そのときはそのままにしておきましたが、一週間後にまたそのページを開いてみると、お札はそのままでした。お父さんはきっとわすれてしまっているんだと思った少年は、ちょうどおこづかいがなくなってしまったところだったので、ありがたくその千円札をいただいておきました。

これに味をしめた少年は、おこづかいがなくなると、書斎にしのびこんで、本を開くようになったのです。少年のお父さんは、しおりがわりにお札を本にはさむくせがあり、はさんだまままわすれてしまうことがけっこうあったので、少年は、何度かいい目をみました。お札はたいていは千円札でしたが、ときには五千円札がはさんであることがありました。

さて、ある日のことです。おこづかいが残り少なくなった少年は、いつものようにお父さんの書斎にはいり、書棚《しょだな》の本をかたっぱしから開いていきました。そして、十何冊《さつ》めかで、千円札が一枚《まい》はさまっている本を見つけました。

少年はお札をポケットにつっこみ、本をとじて書棚にいれようとしました。そのとき、お札がはさまっていたページに書かれてあったことばが、少年の目にとびこんできたのです。

きみと話がしたいのだ

そう書いてありました。

少年は、そのことばにふっと気持ちをさそわれて、あらためてそのページに目をとおしました。その本は詩集で、少年の目にとまったのは、その中のひとつの詩の題名でした。

木について
きみと話がしたい

それも大きな木について
話がしてみたい

詩は、そんなふうにはじまっていました。

不定型の野原がひろがっていて
たった一本だけ大きな木が立っている
そんな木のことをきみと話したい
孤立してはいるが孤独ではない木
ぼくらの目には見えない深いところに
生の源泉があって
根は無数にわかれ原色にきらめく暗黒の世界から
乳白色の地下水をたえまなく吸いあげ
その大きな手で透明な樹液を養い
空と地を二等分に分割し
太陽と星と鳥と風を支配する大きな木

その木のことで
ぼくはきみと話がしたいのだ

その詩を読んだとき、なぜだかわかりませんが、少年の全身に電気のようなものが走りました。

少年は、〈空と地を二等分に分割し　太陽と星と鳥と風を支配する大きな木〉をどうしても見たくなりました。きっと、これまでだれも見たこともないような、すばらしい木にちがいありません。

そこで少年は、この詩を書いた詩人に話を聞いてみようと思いました。こうして詩に書くくらいだから、どこにいったらその木を見ることができるのか、知っているはずです。それに、〈その木のことで　ぼくはきみと話がしたいのだ〉といっているのですから、よろこんで教えてくれるでしょう。

けれど、残念なことに、詩人はもうなくなっていました。少年はがっかりしましたが、それなら自分で見つけようと思い立ちました。

それからの少年は、本を開くだけでなく、じっくり見たり、読んだりするようになりました。図鑑《ずかん》や百科事典、絵本や童話、小説や民話、伝説などあらゆる本を読みあさって、〈太陽と星と鳥と風を支配する大きな木〉をさがしました。

高校時代、大学時代は、アルバイトでお金をためて、日本ばかりか、世界中を旅してまわりました。

しかし、なにを読んでも、どこへ行っても、これこそ〈空と地を二等分に分割《ぶんかつ》し太陽と星と鳥と風を支配する大きな木〉だと納得《なっとく》できるものはありませんでした。

大学を卒業して製薬会社に就職《しゅうしょく》すると、仕事がいそがしくなったせいもあって、〈大きな木〉のことはしだいにわすれていきました。五年後に結婚《けっこん》して、五年後に別れました。奥《おく》さんが別の人とかけおちしたからです。子どもはいませんでした。そのころはもう〈大きな木〉のことはまったくわすれてしまい、詩を読んだことすら記憶《きおく》から消えてしまっていました。

少年、いや、男は、それから十年のあいだに三度会社をかわり、かわるごとに会社は小さくなっていきました。二度目の奥さんとはうまくいっていましたが、ガンで死なれました。それからはずっと一人暮《ひとりぐ》らしです。

男の髪《かみ》はうすくなり、酒やけで鼻の頭が赤くなっていました。会社では、いつも、自分より若《わか》い課長にどなられたり、いやみを言われたりしていましたが、がまんしていました。親しい同僚《どうりょう》も友だちもいなかったので、男はいつもひとりでした。

朝、男は家をでると、小さな空き地をよこぎって駅へでます。帰りも、駅から同じ空き地をよこぎって家へもどります。会社が休みの土曜、日曜以外はそのくりかえしで、あと何年かすれば、自分の通る跡《あと》がけもの道のように空き地に残るのではないかと、男は思いました。

そのまま何事もなければ、ほんとうに男の通った跡が空き地にきざみこまれたかもしれません。けれど、そうはなりませんでした。すなわち、ここからがほんとうの意味での伝説になるのです。

その日の夕方、男はいつものように駅に降《お》りたちました。そしていつものように家に向かいました。いつものようでなかったのは、空き地にさしかかったときに、きゅうに雨が降《ふ》ってきたことでした。かなり強い降《ふ》りで、傘《かさ》を持っていなかった男は、カバンをこわきにかかえて空き地にかけこみました。

男が空き地の真ん中までやってきたときです。向こうから、小学三年生くらいの男の子が走ってきました。男の子は、塾《じゅく》のカバンを頭にのせ、大つぶの雨に負けまいとするかのように、口をぎゅっとひきむすんで、必死の顔つきで男のわきを駆《か》け抜《ぬ》けていきました。

男は思わずふり返り、

「きみ、これを……！」

といって、右手をさしだしました。が、その手になにも持っていないのに気がついて、がくぜんとしました。ふかい悲哀《ひあい》が男の胸《むね》をみたしました。

「おれは、あの子に傘《かさ》をさしかけるほどのこともできないんだ……」

男は呆然《ぼうぜん》とその場に立ちつくし、そのまま木になってしまいました。

その木は、〈空と地を二等分に分割し　太陽と星と鳥と風を支配する〉かと思われるくらい大きな木でした。枝が傘のように広がっていたので、カンカン照りのときには、人びとはその陰《かげ》にはいって過ごし、とつぜんの雨のときには、いそいで枝の下にかけこんで雨やどりをするのでした。

空き地の持ち主がそこにマンションを建てようとしたとき、市民が反対の署名《しょめい》運動をおこし、市をうごかして空き地を買い取らせました。市は、その木を保存樹木《ほぞんじゅもく》に指定し、まわりを柵《さく》でかこんで、公園にしました。

というわけで、公園は憩《いこ》いの場として多くの市民に親しまれ、その木は、疲《つか》れた人びとの心をいやしつづけているのです。

とまあ、ことごとしく書いてきましたが、ほんとうのことをいうと、ぜんぶでたらめ、うそです。いや、ぼくの家と駅のあいだには、たしかに空き地があります。そして、その空き地に、一本の木があるのはほんとうです。けれど、その木たるや、空き地の隅《すみ》にもうしわけなさそうにはえている、ひょろながい、いじけた木なのです。

その空き地にちかくマンションが建つことになりました。当然のことながら、その木は根っこからほりかえされ、残土とともに処理《しょり》されるでしょう。その木の一生を思うと、いかにもあわれに思えたので、記念に右のような伝説をでっちあげたというわけです。

ねんのために書きそえておきますが、伝説中の少年――男の経歴は、ぼくのものではありません。フィクションです。どうか混同しないでください。ぜったいに――。

＊本文中の詩句は、田村隆一「きみと話がしたいのだ」
(『田村隆一詩集 誤解』集英社刊)より引用しました。

魔《ま》法《ほう》使《つか》いの木

小高い丘《おか》の上に、一本の木が立っていました。とても大きな木でした。

幹は、おとなが三人がかりで両腕《りょううで》をいっぱいにひろげてかかえても、まだとどかないくらいの太さです。

高さは二〇メートルくらいで、地上から一〇メートルほどのところから、四方に太い枝をのばし、みどりの葉をいっぱいに茂《しげ》らせています。葉は、おりかさなるようにして、開いた傘《かさ》のようにこんもりと茂《しげ》っています。遠くからながめると、巨大《きょだい》なキノコのように見えました。

「りっぱな木だねえ」

「どうどうとしていて、いつ見ても、ほれぼれするよ」

「こんな木は、世界中さがしてもほかにないだろうな」

だれもがそういって、木のことをほめました。

たしかに、とてもりっぱな木でした。

けれど、この木は、ただりっぱなだけではありませんでした。じつは、この木は、魔法使《まほうつか》いの木だったのです。

といって、べつに木が魔法を使うわけではありません。この木の枝が、魔法使いの杖《つえ》になるのです。

杖は、魔法使いにとって魔法を使うためになくてはならないものです。呪文《じゅもん》をとなえて、杖をイヌにしたり、ウサギにしたり、ハトにしたりします。杖をほうきに変えて空をとんだりします。また、人間の男の子にして、助手としてはたらかせたりすることもあります。

そんな大事な道具ですから、ふつうの木では役にたちません。魔法使いの杖として使えるのは、世界でただ一本、この木だけでした。

というわけで、もう何百年もの昔から、世界の各地から魔法使いがやってきては、杖にするためにこの木の枝をおりとってゆくのです。それで、だれいうとなく、この木は「魔法使いの木」と呼《よ》ばれてきたのでした。

でも、魔法使いの木は、魔法使いだけに役だっていたわけではありません。

魔法使《まほうつか》いの木は、その下にいつもすずしい木かげをつくっていました。丘《おか》のふもとに広がる荒《あ》れ地をよこぎってときおりやってくる旅人は、丘にのぼるとこの木の下で疲《つか》れた体を休め、ふたたび元気を取りもどして、丘の向こうの町に足をいそがせます。

ぎらぎらと太陽が照りつける暑い夏の日などは、この木の下でウサギやクマが昼寝《ひるね》をしていることがありました。夕暮《ゆうぐ》れになると、たくさんの小鳥たちがとんできて、羽を休めるのです。

そんなふうにして、ながい年月がたちました。丘の上の魔法使いの木は、あいかわらずみどりの葉をこんもりと茂《しげ》らせつづけていましたが、丘のふもとははげしくかわってしまいました。荒れ地が開墾《かいこん》されて家がたち、町ができたのです。

はじめは小さな町でしたが、そのうちに人も家もふえてきて、丘のふもといっぱいに広がる大きな町になっていきました。それでもまだ、魔法使いの木は丘の上にそびえ、町の人たちも、ピクニックがわりに丘をのぼり、木かげでおべんとうをひらくのを楽しみにしていました。

けれど、町はその後もどんどん広がっていき、丘の斜面《しゃめん》も家でうめつくされました。そしてとうとう、丘のてっぺんにまで家がたつようになりました。

そうなると、魔法使いの木が問題になってきました。

「どうもこの木がじゃまだなあ」

「この木さえなければ、ここは日当たりがとてもよくなるんだが……」

これまでみんなの役に立ってきた木かげが、かえってたくさんの家の日差しをうばってしまったのです。

そのころになると、もう魔法を信じる人が少なくなり、魔法使いも減ってきていました。それで、杖《つえ》にするために枝をとりにくる魔法使いもめったに見えなくなり、魔法使いの木というのも、ただの言い伝えにしかすぎなくなっていました。

「こんな木は切ってしまえ」

「そうだ、そうだ」

「でかいばかりで、何の役にも立たないんだからな」

というわけで魔法使いの木は、日差しをさえぎるじゃまな木とされて、切りたおされることになりました。

ところが、困《こま》ったことが起こりました。幹はうまく切りたおせたのですが、残った切り株《かぶ》がどうしても取り除《のぞ》けないのです。まわりを掘《ほ》って引きぬこうとしても、太い根っこが地中深くもぐりこんでいて、びくともしません。

「おかしいな。これだけ掘れば、いくらなんだってひっこぬけそうなものだが……」

「いったいどういうわけだろう」

人びとは、首をひねりました。

「そういえばこの木は、魔法使《まほうつか》いの木と呼《よ》ばれていたなあ」

「そうそう。魔法使いがこの木の枝で杖《つえ》をつくるんだってことだった」

人びとは、ようやくそのことを思いだしました。

「もしかしたら、この木には魔力《まりょく》があるのかもしれない」

「そうだな。魔法使いの役に立つくらいだから、ふつうの木とちがうんだろう。むりに掘《ほ》りだすと、たたりがあるかもしれないぞ」

そう思った人びとは、根っこを掘りだすのをやめて、切り株《かぶ》のまわりを柵《さく》でかこい、〈魔法使いの木〉という立て札をたてて保護することにしたのでした。

こうして、魔法使いの木は、切り株だけになってしまいました。

それからまた、ながいながい年月がたちました。

ある日のことです。一台の車が丘《おか》をのぼってきました。車は丘をのぼりつめると、びっしりと立ち並《なら》んだ家々《いえいえ》のあいだをゆっくりと走っていきました。

やがて車は、丘の真ん中あたりの通りに止まりました。運転席のドアが開いて、青い背広《せびろ》を着こんだ若《わか》い男が降《お》りてきました。

「たしか、ここらへんのはずなんだが……」

男は、あたりを見まわしながら、つぶやきました。

「住宅《じゅうたく》ばかりで、影《かげ》も形もないぞ。やっぱりむだ足だったかなあ」

男がなおもあたりを見まわしつづけていると、ひとりのおばあさんが向こうからやってきました。

「すみませーん、ちょっとお聞きしたいんですが……」

男は、声をはりあげながら、かけよっていきました。

「はい、なんでしょう」

おばあさんは、立ち止まって、男を見上げました。

「このあたりに昔魔法使いの木と呼ばれてきた大きな木があったはずなんですが、どうなったかごぞんじありませんか」

「魔法使いの木?」

おばあさんは、ちょっと首をかしげて考えていましたが、すぐに、ああというように大きくうなずくと、

「その木なら、あそこにありますよ」

そういって、右手の方を指さしました。でも、そっちには、家と家にはさまれた細

い路地があるだけです。

「ありがとうございました」

若《わか》い男は、おばあさんに礼をいって、首をひねりながら路地にはいっていきました。

しばらく行くと、目の前がぽかりとひらけました。そこは、まわりを住宅《じゅうたく》にかこまれた公園でした。ブランコと砂場《すなば》があるきりの小さな児童公園です。

「あれかな？」

男は、公園の隅《すみ》に足をむけました。

大きな木の切り株《かぶ》が、柵《さく》にかこまれてそこにありました。柵の外に古びた立て札がたっていて、この木が〈魔法使《まほうつか》いの木〉と呼《よ》ばれていたわけが、かすれかけた文字でかいてありました。

「やっぱり、これか」

若い男は、がっかりしたように、大きなためいきをつきました。

「魔法使いの木が、そのまんまのすがたで残っているはずはないとわかってはいたけど、もしかしたらと思ったんだがなあ」

男は、もう一度、大きなためいきをつきました。

この男は魔法使いでした。世の中が進歩して科学が発達すると、魔法を信じる人がいなくなりました。そのために、魔法使いはどんどん減っていって、とうとう一人だけになってしまいました。そう、この男は、世界でたったひとり残った、最後の魔法使いだったのです。

魔法《まほう》を信じる人がいなくては、魔法使いは暮《く》らしていけません。それで、この若い魔法使いも、セールスマンをして暮らしていました。そして、たまたまこの近くに仕事でやってきたので、魔法使いの木がどうなっているか見にきたのです。

「魔法使いの木も、こうなってしまっては、おしまいだな」

若い魔法使いは、いたましげな眼差《まなざ》しで、切り株を見やりました。切り株は、すっかり枯《か》れて黒ずみ、虫食いの穴《あな》だらけになっていました。根もとから少し上のあたりに、一本の枝がひょろりとのびています。

「せっかくここまで来たんだから、記念にもらっておくとしようか」

若い魔法使いは、柵のあいだから腕《うで》をのばして、枝をつかみました。とたんに枝は、ぽろりと切り株からはなれました。

「まるで、おれにもっていかれるのを待っていたようじゃないか」

ちょっと目をうるませた若い魔法使いは、枝をだいじそうにかかえると、路地をひきかえしていきました。

それからしばらくして、若《わか》い魔《ま》法《ほう》使《つか》いは、町はずれを流れる川の土手にやってきました。車をとめると、土手の上に腰《こし》をおろし、途《と》中《ちゅう》で買ってきたサンドイッチをひろげました。

土手の下の川原には野球のグラウンドがあって、少年野球の試合がおこなわれていました。それを見ながら若い魔法使いがサンドイッチをぱくついていると、ボールが足もとにとんできました。ひょいと拾い上げると、

「すいませーん！」

土手の下から大きな声がしました。見ると、ユニフォームを着た男の子が、グローブをひろげてぱたぱたさせています。どうやら、ファウルボールをとりにきたようです。

若い魔法使いは、ひとつうなずいてボールを投げかえそうとしましたが、なにを思ったのか、投げるかわりに、男の子を手まねきしました。男の子は、へんな顔をしていましたが、しかたなさそうに土手をのぼってきました。

「きみ、ホームランを打ったことあるかい？」

若い魔法使いは、ボールをわたしながら、男の子に聞きました。男の子は、だまって首をふりました。

「打ちたくないかい、ホームランを」

「そりゃあ、打ちたいけど……」

男の子は、下をむきました。あまり打撃《だげき》に自信がないようです。

「よし。それならちょっと待っていなさい」

若い魔法使いは、車に歩みよると、ドアを開け、助手席においてあった魔法使いの木の枝を取りだしました。そして、口の中で呪文《じゅもん》をとなえながら、枝を三、四回ゆっくりとさすりました。すると、枝はまあたらしい木のバットにかわりました。

「さあ、これを使ってごらん」

若い魔法使いは、そういって、バットを男の子にさしだしました。

「でも、ぼく、木のバットなんて使ったことないもん」

「ホームランが打ちたいんだろう？　だったら、だまされたと思って使ってみなさい」

若い魔法使いは、バットを男の子におしつけました。男の子はしかたなさそうにバットをうけとると、土手をかけおりていきました。

若い魔法使いはまた土手の上にすわって、試合の様子をみまもりました。

回がかわって、男の子のチームの攻撃《こうげき》になりました。男の子がバッターボックスに立ちました。けれど、手に持っているのは、金属バットです。

「やれやれ、信じてないんだな」

若《わか》い魔法使《まほうつか》いは、にがわらいしました。

ピッチャーが第一球を投げました。男の子は思い切りバットをふりました。ボールはバットにかすりもしないで、キャッチャーのミットにおさまりました。

つづいて第二球。男の子のバットは、また空を切りました。男の子はタイムをかけると、自軍のベンチにかけより、若い魔法使いからもらった木のバットを手にして、ふたたびバッターボックスに立ちました。

ピッチャーがふりかぶって、三球目を投げました。力のこもったスピードボールが、ホームベースめがけてとんできました。男の子は、力いっぱいバットをふりぬきました。次の瞬間《しゅんかん》、かわいた音をたててボールがはじきとばされました。

ボールはそのままぐんぐんのびていって、センターの頭をこえ、さらに土手の向こうの畑までとんでいきました。特大のホームランです。

「ま、いまどきの魔法は、こんなところか」

若い魔法使いは、こぶしをつきあげてベースを一周する男の子を見やりながら、少しさびしげにつぶやくと、腰《こし》をあげ、車にもどりました。そして、セールスマンの顔にかえって、お客の待っているとなり町に車を走らせていきました。

恐竜《きょうりゅう》の木

ぼくは、週刊誌《しゅうかんし》の記者です。といっても、新米、いや、今のところ新米の新米、ただの見習い記者です。ときどき先輩《せんぱい》の仕事を手伝ったりしますが、まだ自分で取材して記事を書いたことはありません。早く先輩たちのように、大きな事件を追っかけて、スクープ、つまり特ダネをものにしたいのですが、なかなかそんなチャンスはめぐってきません。

そんなぼくに、ある日、編集長から声がかかりました。

「きみ、こういううわさがあるんだが、ひとつ取材してみてくれないか」

というのです。

そのうわさというのは、なんでも、東京とY県との県境にある満月村という村の山の中に、恐竜《きょうりゅう》の木があるというのです。

「恐竜の木なんて、どんなものなのかさっぱりわからんが、おもしろそうだったら、『風の便り』に載《の》せるから」

編集長はいいました。

『風の便り』というのは、全国からさまざまなうわさを集めて、おもしろおかしく紹介《しょうかい》するページです。埋《う》め草《くさ》といって、なにかの都合で誌面《しめん》が余ってしまったときに使われる、どうでもいいページなのですが、ぼくにとっては、はじめての取材です。

「わかりました。行ってきます」

ぼくははりきって出かけました。

何度も電車を乗り換《か》え、最後に乗った電車の終点からさらにバスに一時間ばかり揺《ゆ》られて、ぼくはようやく満月村に着きました。三方を山に囲まれた、山ふところの村ということばがぴったりのところです。狭《せま》い田んぼと畑のむこうに、二〇軒《けん》あまりの家がかたまっていて、その中には、今では珍《めずら》しくなったわらぶき屋根の家もちらほらと目につきます。

「東京にもこんなところがあったんだ……」

ぼくは、びっくりしながら、村に入っていき、一軒の農家の庭先でキノコを干《ほ》していたおばあさんに聞いてみました。

「あのう、この村に、恐竜《きょうりゅう》の木というのがあるそうなんですが、ご存《ぞん》じですか？多分、山の中にあると思うんですが」

おばあさんは、顔をあげて、

「恐竜の木なんて聞いたことがねえが、山のことなら源次《げんじ》に聞いたらええ」

といいました。

そのおばあさんに道を教わって、ぼくは源次という人の家に向かいました。そこは村のいちばん奥《おく》まったところで、少し傾《かたむ》きかけたわらぶき屋根の家のすぐ裏手《うらて》に山が迫《せま》っていました。

入り口のがたぴしする戸を開けると、そこは狭《せま》い土間で、その向こうに広い板敷《いたじ》きがあり、そこに座《すわ》っていた十四、五人の人たちがいっせいにぼくを見ました。ほとんどが男の人でしたが、三、四人の女の人と中学生らしい男の子がひとりまじっていました。

「なんか用かね」

真ん中あたりに座っていたごましお頭の五十歳《さい》ぐらいの男が、立ち上がってこっちにやってきました。

「じつは、ぼく、『週刊サファイア』の者なんですけど、こちらの山の中に恐竜の木があるということを聞いて、やってきたんです。お話を聞かせてくれませんか」

「そんなもん、知らねえな」

男は、無愛想《ぶあいそう》に首をふりました。

「しかし、うわさを聞いたんですが……」

「なにかのまちがいじゃねえのかい」

男の態度はそっけなくて、とりつくしまもありません。ぼくがとまどっていると、

「源《げん》さん、教えてやれよ」といいながら、六十歳ぐらいの白髪《しらが》の紳士《しんし》が立ち上がってぼくたちのところにやってきました。

「秘密《ひみつ》めかすと、かえって根も葉もないうわさが広がる。実物を見せてやれば、この人も納得《なっとく》して帰るんじゃないかな」

「あんたがそういうんなら」

源さんと呼《よ》ばれた男は、しぶしぶといった様子でうなずきました。

それからしばらくして、ぼくは源さんの案内で、家の裏手から山に登っていきました。

「今日はなにかのお集まりですか?」

さっきの人たちのことを思い出しながら、ぼくは聞いてみました。

「いのしし狩《が》りだよ」

「いのしし狩り？」

「ああ。おれは猟師《りょうし》でな。この山でいのししをとって暮《く》らしている。あの人たちは、いのしし狩りのメンバーなんだ」

「そうなんですか。……ところで、恐竜《きょうりゅう》の木って、いったいどんなものなんです」

「見ればわかるよ」

源さんの返事はそっけないものでした。

かなり急な山道を一時間ほど登り、それからけもの道のような細い道に分け入って、三十分ばかり歩いたところで源さんは立ち止まりました。

「着いた。ここだよ」

「やれやれ、やっとですか」

ぼくは、はあはあ息を切らしながら、源さんのもとにかけよりました。

「どこ、どこです、恐竜の木は」

「あれが、そうだ」

源さんは、腕《うで》をのばして前方を指さしました。そこは浅いすりばち形をしたかなり広いくぼ地で、一面に木が茂《しげ》っています。

「あれがって、どれがですか？」

「よく見てみな、どの木も、みんな恐竜の形をしているだろうが」

くぼ地に茂っている木は、一本一本間隔《かんかく》があいています。高い木、低い木、横に広がった木と、さまざまで、葉の茂りぐあいもそれぞれ違《ちが》っています。

そして、目をこらしてよく見てみると、たしかに、枝の広がりぐあいや葉の茂りぐあい、木の高低などによって、それぞれ立っている恐竜、しゃがんでいる恐竜、ねそべっている恐竜、歩きだそうとしている恐竜などに見えないことはありません。

「これが恐竜の木ですかあ」

それぞれの木は、自然のいたずらで恐竜に見えるような形になっただけで、こんなものは、探《さが》せばどこにでも見つかるでしょう。珍《めずら》しくもなんともありません。

「うわさはただのうわさだよ」

源さんは、ぼくのがっかりした顔を見やりながら、にやりと笑いました。

ぼくは山をおり、源さんと別れて村を出かかりましたが、そこでふっと足を止めました。

「待てよ。なんかおかしいぞ」

初め源さんは、恐竜の木など知らないといった。あんなどうということもない木なのに、ぼくに見せたくなかったことはたしかだ。どうしてだろう。それから、あの家に集まっていた人たち。いのしし狩《が》りのメンバーだということだが、いのしし狩りに女の人や中学生が参加するだろうか？

「あの恐竜《きょうりゅう》の木にはなにか秘密《ひみつ》がある――」

ぴんとくるものを感じたぼくは、村に引き返して源さんの家を見張ることにしました。ちょうど斜《なな》め向かいにちょっとしたやぶがあったので、ぼくはそこにかくれました。そこからは、源さんの家の入り口がよく見えます。

時間がゆっくりと過ぎていきました。しだいに辺りが暗くなってきて、空にぽかりと浮《う》かんだ丸い月が、青白い光を放ちはじめました。ぼくは、しんぼうづよく待ちました。

源さんの家の入り口の戸が、がたがたと音をたてながらゆっくりと開いたのは、それから二時間あまりたってからのことでしょうか。最初に外に出てきたのは、源《げん》さんでした。手に猟銃《りょうじゅう》を持っています。源さんは、しばらく辺りをうかがってから、いいぞというように後ろに向かってうなずきました。すると、昼間集まっていた人たちが、足音をしのばせるようにして一人ずつ出てきました。いちばん最後はあの白髪《しらが》の老紳士《ろうしんし》です。

一行は、源さんを先頭にして家の裏手《うらて》から山に登りはじめました。ぼくはしばらくあいだをおいてからあとをつけていきました。

木の間からもれてくる月の光で足もとはうす明るく、あとをつけていくのはそれほどむずかしくはありませんでした。あの人たちはどこへ何をしにいくんだろう。いのしし狩りのはずはありません。猟銃を持っているのは源さんだけですし、だいいち、犬も連れていないのですから。首をかしげながらあとをつけていくうちに、一行はけもの道に踏《ふ》みこみました。昼間ぼくが源さんに案内されていった道です。ぼくも、みんなの姿《すがた》が見えなくなってから、その道に踏みこみました。

やがて、あの恐竜の木のあるくぼ地を見渡《みわた》せる場所にでました。ところが、どうしたことか、辺りにはだれの姿も見えません。ただ、くぼ地の恐竜の木が風にざわざわとゆれているばかり。

「あの人たち、どこへ行ったんだろう」

きょろきょろとあたりを見回していたぼくの目に、そのとき、信じられないような光景が映《うつ》りました。風にゆれていた恐竜の木が、いっせいに動きだしたのです。そればかりか、動いていくうちに、一本一本が木から本物の恐竜に変わっていったのです。

何度も目をこすってみましたが、見まちがいではありません。月の光に照らされたくぼ地では、大小さまざまの恐竜《きょうりゅう》たちが歩き回っています。

「そうか。これが源さんがかくそうとしていた恐竜の木の秘密《ひみつ》だったんだ！」

はっと我《われ》に返ったぼくは、肩《かた》にさげていたカメラをかまえました。これこそ大スクープです。

カシャッ、カシャッと夢中でシャッターを押《お》しつづけているうちに、とつぜんファインダーが暗くなりました。おどろいてカメラから目を離《はな》すと、源さんが猟銃《りょうじゅう》をかまえながらぼくの目の前に立っていました。

「写真をとるのはやめてください」

後ろで声がしました。ふり返ると、白髪《しらが》の老紳士《ろうしんし》をはじめ、ぼくがあとをつけてきた人たちが、ぐるりと周りを取り巻《ま》いていたではありませんか。

「わたしたちは、恐竜の木を守る会の会員なのです」

老紳士がいいました。

「最初にこれを発見したのは、わたしと源さんです。いのしし狩《が》りの途中《とちゅう》、偶然《ぐうぜん》に見つけたのです。わたしたちは、このことをやたらに人に話さないことにしました。そんなことをすれば、たちまち大勢の人がつめかけ、また、マスコミもかぎつけてそれこそ大騒《おおさわ》ぎになるでしょう。金もうけをねらう連中だって見逃《みのが》すはずはありません。

その結果、くぼ地は荒《あ》らされ、木も傷《きず》つくに決まっています。そうなったら、恐竜の木が本物の恐竜に変わることもなくなるかもしれません。

そこで、わたしたちは、信頼《しんらい》できる人たちだけに話して、恐竜の木を守る会をつくったのです。そして、毎月一回、この夢のような光景を見るために集まることにしたのです。この光景を見ていると、わたしたちがずうっと昔になくしてしまった、のびやかでゆったりした気持ちを取りもどすことができるのです。ですから、写真はとらないでください。そして、このことは、だれにも話さないでください。お願いします」

ぼくは、月の光を浴びながらくぼ地をゆったりと歩き回っている恐竜たちに目をもどしました。本当に夢のような光景です。この光景をいつまでも壊《こわ》したくないと、心から思いました。

「わかりました」

ぼくはうなずいて、カメラのデータを消去しました。

「そのかわり、ぼくを恐竜の木を守る会の会員にしてください」

「もちろんですとも。喜んで」

老紳士がにっこりと笑い、源さんは猟銃をおろし、周りの人たちがわれさきにぼくに向かって手をさしだしました。

それからぼくたちは、夜が明けるまで、恐竜《きょうりゅう》たちを静かに見守りつづけたのでした。

II　オオカミの時間

オオカミの時間

ある日、ぼくは、オオカミのフルフェイスマスクをして、〈向こう側〉に出かけた。外出するのは、ほぼ二カ月ぶりだった。まえもって考えていたわけではなく、とつぜんの思いつきだ。

いつものように、おそい朝食のあと自分の部屋にこもった。ゲームをしようと、本《ほん》棚《だな》からソフトを取りだした。そのとき、本棚の上から紙袋《かみぶくろ》が落ちてきた。開けてみると、ゴム製のオオカミのフルフェイスマスクが出てきた。去年、どこかの出版社のクリスマスパーティーに出席した父親が、景品にもらってきたものだった。

「お前にやるよ」

といわれてもらったが、結局使い道もなく、紙袋にいれたまま、本棚の上にほうり投げておいたのだ。

もう一度同じ場所にほうり投げようとして、ふと思いついた。

（こいつをかぶって、向こう側をぶらついてみようか）

ぼくが〈考える子ども〉になって以来、外の世界は、ぼくにとっては〈向こう側〉となっていた。

わるくない思いつきだったので、オオカミのマスクをかぶってみた。マスクは、頭と顔にぴったりとフィットした。両目の部分には丸い穴《あな》があいている。視界《しかい》がせまく、左右を見るにはぐるりと首をまわさなければならないが、それ以外にはなんの不便も感じない。

ぼくは、そのまま部屋を出た。足音をしのばせて階段《かいだん》をおりる。母親はまだキッチンで朝食のあとかたづけをしている。音をたてないようにして、玄関《げんかん》のドアを開け、外に出た。

はじめは足もとがよく見えなくて、ふらついたが、そのうちになれてきてふつうに歩けるようになった。

商店のならんでいる表通りに出た。ときどき立ち止まって、店のガラスのとびらやウィンドウに自分の姿《すがた》を映《うつ》してみる。そこに映っているのは、耳をぴんと立て、するどい牙《きば》をむきだした、まぎれもない一人のオオカミ少年の姿だった。

道ゆく人たちは、ぼくを見て、目をみはったり、口を開けたり、ふり返って見たりする。あるいはまた、ホームレスの人を見るように、眉《まゆ》をひそめてわきを通りすぎる者もいた。

なかには、まったくぼくに関心を示さない者もいた。というより、無関心の関心といったほうがいいだろうか。つまり、意識的に無関心をよそおっているのだ。なるべく視線《しせん》をはずし、ぼくを見ないようにする。それは、心身に障害《しょうがい》を負った人たちに対する態度とおんなじだ。すなわち、ぼくを頭のおかしい子どもだと思っているのだ。要するにぼくは、〈向こう側〉にとっては異質《いしつ》の存在《そんざい》なのだった。

この反応は予想どおりだった。そして、意外な発見もあった。こうした反応にであっても、ぼくの心がさざ波ひとつたてなかったことだ。

これまでぼくは、人とちがうことを知られるのを恐《おそ》れて、〈向こう側〉ではなるべく無色透明《とうめい》でいようとした。それに疲《つか》れて、〈向こう側〉に行かなくなったのだが、それが今は、どんなふうに見られようと、どんなふうに思われようと、平気だった。

思うに、厚さ数ミリのゴム製のマスクが、ぼくと〈向こう側〉をへだて、マスクのこちらで、ぼくはぼくのままでいられるのだろう。

別の見方をすれば、〈向こう側〉に、オオカミのフェイスマスクという目に見えるかたちで異質の存在とうつったために、目に見えないぼくの内部は問題にされなかったのだ。偏見《へんけん》とはこういうことをいうのかもしれない。

それはともかく、この発見によって、ぼくはしだいに大胆《だいたん》になった。このまま一日中〈向こう側〉を歩き回ってみようと思った。さらに新しい発見があるかもしれなかった。

ちょうど駅まで来たので、切符《きっぷ》を買った。ホームにでると、電車を待っていた人たちが、いっせいにぼくを見た。小さな子どもをつれた女の人がいたので、近よっていった。子どもが泣きそうな顔をした。女の人は、ぼくをにらみながら、子どもの手を引いてはなれていった。

電車がきた。降《お》りてきた男の人が、ぼくを見て、

「おっ」

と声をあげてとびのいた。

車内の乗客の反応はまちまちだった。無視《むし》する者、眉をひそめる者、にやにや笑う者。

座席《ざせき》にすわっているビジネスマンらしい男たちや学生たちは、ほとんどスマホを操《そう》作《さ》している。

「ふん」

と、ぼくはマスクの後ろであざわらった。

教師や親たちは、ぼくたちに本を読めという。本を読まなければりっぱなおとなになれないみたいな口ぶりだが、自分たちはほとんど本を読まない。ぼくの知るかぎり、父親や母親が本を読んでる姿《すがた》は見たことがない。

自分たちはもうりっぱなおとなになったのだから、本など読まなくてもいいというのだろう。でも、こうやってスマホにとりつかれているような乗客を見ると、りっぱなおとななんて、どこにいるんだろうかと思う。

週刊誌《しゅうかんし》の中吊《なかづ》り広告が目にはいった。高校野球の不祥事《ふしょうじ》がトップ記事になっている。

野球は好きだった。小学校のときから、地域《ちいき》の少年野球チームにはいり、中学にはいってもつづけた。けっこう運動神経もよかったので、準レギュラーみたいになってたびたび試合にだしてもらえるようになった。

ある試合に、ぼくはライトで先発した。試合は一対〇でぼくたちのチームがリードしたまま最終回をむかえ、ぼくは最後の守備についた。そしてツーアウトとなり、あと一人うちとればゲームセットでぼくたちの勝ちになるところまでいった。

ところが、ピッチャーが緊張《きんちょう》してしまったのか、四球《しきゅう》をだした。しかしそこでふんばって次のバッターにフライを打たせた。打球は高く上がってぼくの方にとんできた。ほとんど定位置でとれるイージーフライだった。

ぼくは大きく声をあげてとりにいった。しかし、目測をあやまってしまい、打球はぼくの頭をこえて大きくバウンドした。あわてて追いかけたが、ボールは勢いよくころがっていき、フェンスぎわまで達した。

ぼくがようやくのことでボールに追いついたときには、一塁《るい》ランナーはすでにホームをふみ、バッターも三塁をまわっていた。あせってボールをつかみ、力いっぱいホームめがけて投げたが、中継《ちゅうけい》のセカンドまでにもとどかず、そのあいだにバッターはホームにすべりこんでいた。ランニングホームラン。結局、ぼくたちは二対一で負けてしまった。

試合後、ぼくをふくめてチーム全員が監督《かんとく》からお説教をくらった。監督がいうには、負けたのはだれの責任というわけではなく、全員の気力がたりなかったせいだという。ぼくをかばったわけではなく、チームの和を考えて全員の責任を強調したかったのだろう。けれど、それは逆効果だった。

ぼくにしてみれば、自分のミスで負けたのだから、はっきりとそれを指摘《してき》してもらいたかった。そうすれば、すなおに「ごめん」とあやまれただろうし、みんなも「ドンマイ」と軽くうけてくれただろう。それが、なまじ監督《かんとく》が全員の責任などと言いだしたために、お前のせいで監督に説教をくらったと、ぼくはみんなからうらまれた。

その後、なんとなくおもしろくなくなって、チームをやめたが、ぼくが大勢のなかで息ぐるしさを感じるようになったのは、それからだった。ぼくが何かをすれば、みんなが迷惑《めいわく》する。そう思うようになった。だから、できるだけ息をひそめるようにして、ひたすらことばや行動に気をつけた。

けれど、だんだん、そうすることが苦痛《くつう》になってきた。外の世界がぼくにとって〈向こう側〉になったのは、それからまもなくだった。

電車が止まって、乗客が入れ替《か》わった。五十歳《さい》くらいの小太りのおばさんが乗りこんできた。おばさんは、ひとわたり車内を見まわし、空席がないと見てとると、次の車両にうつろうとした。そのとき、ぼくに気づいた。

おばさんは、ぎょっとしたようにのけぞった。おどろきがおさまると、みじかい首をのばして、しげしげとぼくを頭のてっぺんから足の先まで見まわした。そのしぐさで、だれだか思いだした。ぼくの近所に住んでいるおばさんだった。

ぼくが学校に行かなくなると、両親は、書道の塾《じゅく》をひらき、教育相談員みたいな仕事をしているこのおばさんを呼《よ》んできて、説得しようとした。その書道の塾には、小学校の一、二年のときに通ったことがあった。

「学校へ行きたくないんだって？　そりゃ困《こま》ったわねえ」

おばさんは、みじかい首をできるだけのばして、値踏《ねぶ》みするようにぼくを頭から足先までながめまわした。

「どういうわけで行きたくないのかな。おばさんに話してくれない？」

いかにも、そういう子どもをあつかいなれているという感じだった。

「話したくありません」

ぼくは、切り口上でいった。

「どうして？　けっしてきみに悪いようにはしないつもりだけど」

「どうしてかっていうと、あなたに話すと、あの家の子はこうだったと、近所中にうわさをながされるからです」

と、ぼくはいってやった。

このおばさん、ひどくおしゃべりで、あちこちの家のもめごと（おもに子どもに関するものだったが）の相談にのるのはいいのだが、あそこの子はどうしようもない不良だったが、わたしがこうしてやったからよくなったとか、あそこの親に子どもの教育について意見をしてやったとか、自慢《じまん》たらたら人にしゃべるものだから、その家の内情が手に取るように近所に伝わってしまうのだ。

母親もそのことは知っていたのだろうが、ほかに相談できる人もいないので、このおばさんのところに行ったようだ。

「まあ、なんてことを……」

おばさんは、さっと顔色をかえ、ぶるぶると口もとをふるわせると、

「いやな子だ！」

たたきつけるようにいって、出ていった。

そして、それっきり、ぼくの家にはあらわれなかった。

おばさんは、しばらくぼくをながめまわしたあげく、あきれたといったふうに頭をふり、となりの車両にうつっていった。ぼくだということには、気がつかなかったようだった。

ふたたび電車が止まり、おばあさんがひとり乗りこんできた。すると、ぼくのななめ向かいにすわって週刊誌《しゅうかんし》を読んでいた中年の男が、きゅうにいねむりをはじめた。男の頭の上には、優先席《ゆうせんせき》のステッカーがはられていた。

おばあさんは、優先席には目もくれず、しっかりとした足どりで車内の奥《おく》の方にはいっていった。優先席の男は、しばらくして目を開け、近くにおばあさんがいないと

みるや、ふたたび週刊誌をひろげはじめた。

いちゃついてる若《わか》いカップルや、スマホをいじりつづけているビジネスマン、口を開けていぎたなくねむりこけているおばさんなど、優先席を占領《せんりょう》しているほかの連中にくらべれば、気がとがめて狸寝入《たぬきねい》りする男のほうが、まだしもだ。額のはげあがっているところが、担任《たんにん》を思いださせた。もっとも担任なら、狸寝入りなどせず、堂々《どうどう》と週刊誌を読みつづけるだろうが。

ぼくが学校へ行かなくなったきっかけは、担任の言動にあった。

あるとき、図書室の本が十数ページにわたってナイフで切りとられた事件があった。さっそく学校で犯人さがしがはじまり、たまたま事件のあったとき図書室にいたぼくは、担任に職員室に呼《よ》ばれ、さんざんあぶらをしぼられた。

担任は、ぼくの言い分などいっさい聞かず、

「ほんらいなら家庭に連絡《れんらく》するところだが、今度だけはゆるしてやる。しかし、次からはそうはいかんぞ。もし今度のようなことをまたやったら、すぐにお父さんかお母さんに来てもらうからな。よくおぼえておけ」

と、恩着《おんき》せがましく、おどすような口調でいった。

それから二日ばかりして、真相《しんそう》がわかった。犯人はぼくと同姓《どうせい》の別のクラスの子だ

った。だれかが、クラスをいわずに名前だけ告げ口したのを担任《たんにん》がぼくだと早とちりしたのだ。

この担任は、熱血教師気取りで、生徒指導にも熱心だったが、そのじつ、思いこみがはげしく、しかもその思いこみを信念と勘違《かんちが》いしているので、ぜったいに人のいうことをきかない始末のわるい性格だった。担任にとっては、つねに自分が正しく、ひとがまちがっているのだ。

それはともかく、思いちがいはだれにでもあることだから、担任がぼくを犯人だと早とちりしたことはたしかに不愉快《ふゆかい》ではあったが、ぼくとしてはあやまってくればいいと思っていた。ところが担任は、自分の早とちりがあきらかになっても、ぼくにあやまろうとはしなかった。顔をあわせても、うすらわらいを浮《う》かべるだけで、その口からはひとこともわびのことばは出てこなかった。

ぼくが騒《さわ》いで、親にでもいいつければ、親が校長に抗議《こうぎ》し、結果、担任がぼくに謝罪《しゃざい》するという、よく新聞記事で見かける図式ができあがる。けれど、ぼくはそうしなかった。そのかわり、次の日から学校へ行かなくなった。

はじめは仮病《けびょう》をつかった。頭が痛《いた》いとか腹《はら》が痛いとかいって母親をだました。三日間はそれで通用したが、四日目にはさすがに母親も疑《うたが》いをもちだした。医者につれて行こうとしたので、どこもわるくない、ただ、学校へ行きたくないだけなんだとはっきりいった。母親ははじめはおどろき、ついでに怒《おこ》り、さらには行きたくない理由をいえとしつこくせまり、最後にはなんでもいいからとにかく学校へ行ってくれと泣き落としにかかった。父親は、はじめは説得口調だったが、最後にはどなりつけた。

それでもぼくは理由をいわなかった。というより、いえなかった。たしかにきっかけはある。けれど、それはただのきっかけであって、ほんとうの理由ではないということが、心の奥底《おくそこ》で自分にもわかっていたからだ。ことばだけでいえば、〈学校へ行きたくない〉というほんとうの理由を自分自身にあきらかにするために、学校へ行かないということになるだろうか。

ぼくががんとしていうことをきかないので、母親は担任に相談にいった。そして、帰ってきて担任のことばを伝えた。

「お宅《たく》のお子さんは、なんというか、神経質すぎるんですよ。みんなにとけこまない。いつでもみんなから距離《きょり》をおいている感じなんです。これでは学校がおもしろくないのはむりありません。もっとみんなにとけこんで、いっしょにわいわい騒《さわ》ぐようにしないといけませんね。それができないのは、わがままというか、ひとりよがりというか、あまえているんだと思います。なんといっても学校というのは、集団生活ですからね。子どもは、集団のなかでこそ、明るくのびのびと成長するんです。お宅《たく》のお子さんはどっちかというと暗いですね。そこをあらためないと、みんなにきらわれ、いつまでたってもとけこめません。わたしもなんとか学校へこさせるように努力しますから、お宅でもお子さんとよく話し合ってみてください」

担任《たんにん》は、そんなふうにいったそうだ。

これを聞いて、ぼくは猛烈《もうれつ》に腹《はら》が立った。たしかにぼくは、みんなといっしょにわいわい騒《さわ》ぐよりも、ひとりでいるほうが好きだ。しずかに本を読んだり、いろいろなことを空想して楽しんだり、あるいはなんにも考えずにぽかーんとしていたりすることのほうが多い。そして、そういうときのほうが、みんなといるときよりも充実《じゅうじつ》している感じがする。それがわるいことなんだろうか。わがままで、ひとりよがりで、あまえていることなんだろうか。もしそうだとするなら、学校というのは、ぼくの性格や趣味《しゅみ》を変えなければ行けないところだということになる。

自分のほうでもなんとか努力すると担任は母親にいったそうだが、その努力というのは、同級生を何人かぼくの家に寄らせて、学校へ行こうとさそわせることだった。その顔ぶれを見て、ぼくは腹の底から笑ってしまった。その中のひとりはいじめグループのリーダーではないか。取り巻《ま》きもひとりいる。こんなやつらといっしょに行ったら、学校につくまでになにをされるかわかったもんじゃない。ぼくは同行をことわった。それでもかれらは、三日間やってきた。ぼくがことわりつづけたので、ばからしくなったのか、四日目からはこなくなった。

電車が副都心のターミナル駅についた。乗客のながれにのってホームに降《お》りた。そのながれがふいに止まった。前方でどなり声がした。見ると、優先席《ゆうせんせき》の中年男に狸《たぬき》寝入《ねい》りをさせたおばあさんが、ホームにひざをついていた。その前に、パンチパーマの男が仁王立《におうだ》ちになっていた。

「すみません。ちょっと考えごとをしていたものですから……」

おばあさんはしきりにあやまっていた。前を見ずに歩いていて、うっかり男にぶつかってしまったようだ。

「気をつけろ！」

年寄り相手では張り合いがないのか、男は迫力《はくりょく》のないすごみをきかせて、立ち去った。おばあさんは、ゆっくり立ち上がると、少しうつむきかげんに歩きだし、人の波のなかにきえた。

ぼくは、ＪＲの山手線に乗った。とくに理由はなかった。しいていえば、終点がないので、考えごとをするのに便利といったところだろうか。

このころになると、オオカミのフェイスマスクは、すっかりぼくになじんで、ぼくはそれこそほんもののオオカミ少年のような気分になった。ぼくは車両から車両へうつりながら、乗客たちにぼくの姿《すがた》を見せつけていった。

ぼくがこんなに〈向こう側〉に対して強気にでられたのは、はじめてのことといっていい。こんなことなら、もっと早くフェイスマスクをかぶればよかったと思った。はじめのうち大騒《おおさわ》ぎをして、なんとかぼくを学校へ行かせようとした両親も、今ではあきらめてしまったようだ。というより、ぼくの出方をうかがっているような気配がある。たぶん、専門家《せんもんか》――例のおばさんとちがうほんものの教育相談員かなにかの助言をうけているのだろうが、とにかく無理じいしないでしばらく様子をみるということになっているらしい。

おかげでぼくのまわりだけ、時間が停滞《ていたい》しているような、白々《しらじら》しい空白ができている。いろいろと考える時間があって、ぼくにとっては今のところ歓迎《かんげい》すべき状態だが、いつまでもこの状態がつづくとは思えない。いずれ両親のほうからなんらかのはたらきかけがあるだろう。ぼく自身もこのままでいいとは思っていない。

できれば外からのはたらきかけなんかより、ぼく自身の内側からの動きによってぬけだしたいのだが、まだそのきっかけがつかめていない――というのが、今日までのところだった。

オオカミのフェイスマスクが、そのきっかけになるだろうか。かつて、地方議会の選挙に立候補《りっこうほ》して当選したマスクプロレスラーが、マスクをつけたまま議場にではいりしていたという話をプロレス好きの父親から聞いたことがある。ぼくもこのマスクのまま、学校に行けるだろうか。その可能性を考えてみるのもおもしろい。

先頭の車両までやってきた。少し疲《つか》れたので真ん中のドアぎわの席に腰《こし》をおろした。となりにすわっていねむりをしていた大学生が目をさまし、ぼくを見ておどろいたように体を少しずらしたが、よほどねむかったのかすぐにまた目をとじてしまった。

あたりを見まわして、おやっと思った。中年男に狸寝入《たぬきねい》りをさせ、パンチパーマの男にどなられていたおばあさんが、向かいの席にすわっていたのだ。まともに見るのははじめてだった。年のころは、七十歳《さい》くらいだろうか。小柄《こがら》で、背中《せなか》に赤い小さなバックパックをせおい、グレーのズボンに白いスニーカーをはいている。

〈向こう側〉では、このごろこうしたかっこうをした老人が多くなった。町なかでも、こうしたハイキングすがたで歩いている。たいていは登山帽《とざんぼう》をかぶっているので、だれがだれとは見わけがつかない。見たところ、このおばあさんは、登山帽こそかぶっていないが、典型的な今どきのおばあさんらしいおばあさんといっていいだろう。

ぼくの考えでは、〈向こう側〉は「らしい」あるいは「らしく」でなりたっている世界だと思う。たとえば、子どもは子どもらしく、若者《わかもの》は若者らしく、父親は父親らしく、母親は母親らしく、おじいさんはおじいさんらしく、おばあさんはおばあさんらしくといったぐあいに。

性でいえば、男（男の子）らしく、女（女の子）らしく。職業でいえば、教師は教師らしく、銀行員は銀行員らしく、医者は医者らしく、警官《けいかん》は警官らしく、役人は役人らしく……と、いくらでもあげることができる。

もっとも、ここ十数年、この「らしい」世界は若者を中心にかなりくずれてきたようだ。それだけにまた、おとなたちのあいだで「らしい」世界の復活をのぞむ声も強く、若者やぼくたち子どもに「らしくあれ」というお説教がくりかえされるようになってきた。

教師や親は、生徒や自分の子どもが「らしい」ことに疑問《ぎもん》をもつのを警戒《けいかい》している。それに答えていこうとすれば、自分たちの「らしさ」があやうくなるからだ。そういうとき、教師や親がいうことばはきまっている。

「そういうことは、おとなになればわかることだ。今はそんなこと考えなくていい」

子どものときにわからなければ、おとなになってもわからないいんじゃないだろうかと、ぼくは思うのだが、そう思うこと自体が、すでに「らしさ」の世界から半歩はずれてしまっているようなのだ。

「どうしてあいつは、ほかの子みたいに、明るくあっけらかんとしていないんだろう。いつも、しんねりむっつり考えこんでいて、まるで子どもらしくない」

ぼくのことについて父親がそんなふうに母親にいっているのを、ぼくは何度も耳にした。

要するにぼくは、明るくあっけらかんとしていないから、子どもらしくないということになる。明るくあっけらかんとしているということは、なにも考えないということだ。父親のことばからいくと、そうなる。つまりは、なんにも考えないことが「子どもらしい」ということではないか。けれどぼくは、あくまでも「考える子ども」でいたい。

電車が止まり、さわがしい声が車内にながれこんできた。ぼくははっと目をさました。いつのまにかいねむりをしてしまったらしい。どこの駅か見ようと腰《こし》を浮《う》かしたとたん、ドアがしまり、電車は発車した。まどを通して見えた駅名は、ぼくが乗ったターミナル駅の次の駅だった。ねむっているうちに、山手線を一周してしまったのだ。

「ま、いいか」

どこへ行くということもないのだからと、ぼくはまた、シートに腰《こし》をおとした。ふと向かいに目をやると、あのおばあさんがあいかわらずすわっていたので、おどろいた。

おばあさんは、ぱっちりと目を開いていた。ということは、ぼくのように寝《ね》すごしたのではないらしい。わかっていて、山手線を一周したのだ。なぜだろう。ぼくは、なんということなしにこのおばあさんに興味をもった。シートにあさくこしかけ、背《せ》をまっすぐにのばし、ひざに手をおいている。その姿勢《しせい》は、たしか、この電車に乗りこんだときから変わらなかったようだ。

あらためてよく見ると、ひざの上で組み合わせた両手の指がせわしなく動き、ときどきぎゅっとかたく握《にぎ》りしめられる。そういうときは、痛《いた》みをこらえるかのように、眉《まゆ》が深くよせられる。しばらくすると眉がひらき、握りしめられた指がやわらかくほぐれていく。体の痛みなのか、それとも心の痛みをこらえているのか外から見ただけではわからなかった。

おばあさんは、二周目にはいってもどこにも降《お》りることなく、ターミナル駅にもどり、そしてそのまま乗りつづけた。なにかわけがあって、時間をつぶしているのだろうか。そうだとしても、ずいぶんかわった時間のつぶし方だ。

電車は次つぎと発着をくりかえし、乗客はひんぱんに乗り降りした。そのたびに中の空気と外の空気が入れ替《か》わる。が、ぼくとおばあさんのまわりだけは、空気がよどんだみたいに動かない。ふたりとも目に見えない何者かの意志でシートにしばりつけられているかのようだ。いや、おばあさんは少なくとも自分の意志ですわりつづけているのだろうから、それはぼくだけのことだ。ぼくは、山手線を二回りもするというこのおばあさんの異様《いよう》な行動の先にあるものをみきわめたくなっていた。

三周目にはいると、車内がたてこんできた。前に立つ人もふえて、もうおばあさんをまともに見ることはできなくなったが、前に立っている人たちの足のあいだからおばあさんの白いスニーカーのつま先が見えかくれしていたので、ぼくは安心していた。

三度目のターミナル駅をすぎて三つ目のM駅にさしかかったとき、おばあさんのスニーカーのつま先がうごいた。次で降りるつもりだ――ぼくは直感した。立ち上がり、人ごみをわけてドアぎわにいった。電車が駅にすべりこんだ。降りる人におしだされるようにしてホームに降りた。おばあさんをさがしたが、姿《すがた》が見えない。そのうちにドアがしまり、電車は発車していった。一瞬《いっしゅん》のうちにがらんとしたホームを見まわすと、いた。おばあさんは、ホームの隅《すみ》のベンチにちょこんとすわっていた。

なんとはなしにほっとして、ぼくは、おばあさんが見える位置に立ってその様子をみまもった。おばあさんは少し疲《つか》れたのか背《せ》をまるめ、ぼんやりと足もとを見つめている。ホームに乗客が集まりはじめ、構内アナウンスが電車の接近を知らせた。おばあさんははっとしたように顔をあげ、腰《こし》をうかして二、三歩ベンチからはなれたが、すぐまたがくりと腰をおってベンチにすわりこんだ。電車がホームにすべりこみ、乗客の波がひとしきりおしよせたかと思うと、引いていった。電車が発車してホームはまたがらあきとなり、ぼくとおばあさんだけがとりのこされた。

そのあとおばあさんは、ベンチにすわったまま二台の電車を見送った。おばあさんの行動の意味をはかりかねていると、次の電車がやってくるというアナウンスがホームにながれた。と、おばあさんがすっと立ち上がった。しっかりとした足どりでホームを横切り、乗車口に列をつくってならんでいる乗客のわきを通って、先端《せんたん》近くの停止線まで歩いていき、そこで立ち止まった。ホームの端《はし》に電車がはいってきた。おばあさんは停止線を一歩こえた。電車の警笛《けいてき》がけたたましく鳴り、駅員がはげしく笛をふきながら走ってきた。次の瞬間《しゅんかん》、おばあさんの姿《すがた》がホームから消えた。

耳をつきやぶるようなするどいブレーキの音と悲鳴がわきおこった。電車は、おばあさんの姿が消えたところから、二〇メートルほど行ったところでようやく止まった。ぼくの駅員と電車を待っていた人たちがわらわらとそっちの方に走りよっていった。ぼくの足は一歩もうごかなかった。口の中がからからにかわき、その反対に手にはじっとり汗《あせ》がにじんでいた。

ぼくは家にもどった。母親はオオカミのフルフェイスマスクを見て、ぎょっとしたようにあとずさった。

「そんなもの、早くとりなさい！」

ぼくだとわかると、ヒステリックに叫《さけ》んだ。しかし、ふた月のあいだ部屋にこもっていたぼくが、外を出歩いてきたことにどこかほっとしているようだった。

ぼくはなにもいわずに部屋にはいった。フェイスマスクをぬぎ、ベッドに体を投げだした。目をつぶると、駅でのできごとが鮮明《せんめい》によみがえってきた。

――電車はゆっくりとバックしていき、駅員たちがばらばらと線路にとびおりた。叫《さけ》び声やどなり声がとびかった。ホームは黒山の人だかりで、かけつけた鉄道警察《けいさつ》の隊員たちがホームの下をのぞこうとする人たちを必死でおしとどめている。

ぼくはしばらくまよったすえに心をきめ、しだいにふえてくる人だかりをかきわけて、前の方に出ていった。

声をからして人波をおしもどそうとする警官《けいかん》たちのわきから、みんなこわごわ首をのばして線路をのぞきこんでいる。よく見えないので、マスクをはずし、ぼくも首をのばした。駅員たちが、レールのあいだに青いビニールシートをかぶせているのが見えた。シートはこんもりともりあがっていた。ぼくが知りたかった、それが、おばあさんの最後の行き先だった。

山手線を二周とちょっとしたのは、時間つぶしなどではなかった。おばあさんが自分の決意を実行にうつすまでの迷いの時間だったのだ。ひざの上で握《にぎ》りしめられたり、ゆるめられたりした両手の指がそのことをあらわしていた。

おばあさんがなぜ自殺しようとしたのか、その理由をぼくは知らない。知る必要もなかった。おばあさんが自殺したという、そのことだけが重要だった。

偶然《ぐうぜん》とはいえ、ぼくとおばあさんは、同じ電車に乗りあわせ、半日ちかく同じ時間を共有した。けれどそれはうわべだけのことだ。ぼくとおばあさんのうえをながれていった時間は、まったく質がちがっていた。おばあさんの時間が最終的に自殺へとみちびかれる絶望の時間だったのに対して、ぼくの時間はひとりよがりで、お気楽なお遊びの時間だった。この落差がぼくをうちのめした。

結局のところぼくは、部屋にこもることによって、自分も他人もきずつかない安全地帯に避難《ひなん》していたのだ。そして、オオカミのマスクは、携帯《けいたい》用安全地帯、もしくは安全地帯の移動手段《しゅだん》だ。

安全地帯から〈向こう側〉をながめているのは、そのうちなんとかなるだろうと、〈向こう側〉にまだ希望と期待をいだいているからではないのか。〈向こう側〉が非をみとめて、自分をうけいれてくれるにちがいないといういやしい下心《したごころ》があるからではないのか。

あのおばあさんは、最後には絶望してみずから命を絶《た》ったとはいえ、七十年ちかくを〈向こう側〉で生きてきた。おばあさんにあってぼくにないのは、〈向こう側〉で生きていく勇気だ。〈向こう側〉と本気でわたりあうつもりなら、〈向こう側〉に絶望するほどの勇気をもって、自分もきずつき、他人もきずつけないとだめだ。

明日は学校へ行こう。

絶望と希望は背中《せなか》合わせなのだから——。

III　ピストルをかまえろ！

誤配《ごはい》

学校から帰ると、郵便受《ゆうびんう》けになにかはいっていた。ワタルの家は共働きなので、郵《ゆう》便物《びんぶつ》を取り置くのは、いちばん早く家に帰るワタルの役目になっている。中にはいっていたのは郵送《ゆうそう》用の紙袋《かみぶくろ》で、お父さんがいつもネットで買う本がはいっている紙袋ぐらいの大きさだったが、手にとってみると、異様《いよう》に重かった。

「あれ、ぼく宛《あ》てだ」

宛名《あてな》を見て、ワタルはちょっとびっくりした。だれからだろうと思い、紙袋をひっくり返してみた。裏《うら》には、ＭＫＫと記されてあるだけだった。

「なんだよ、これ」

ワタルは、首をかしげながら家にはいり、リビングで紙袋の封《ふう》を切った。丸い突起《とっき》が無数についた緩衝材《かんしょうざい》に包まれたものが出てきた。緩衝材を引き破ったワタルは、一瞬《いっしゅん》息をのんだ。目の前にあらわれたのは、黒光りした一丁のピストルだった。

「どういうこと？」

我《われ》に返ったワタルは、表書きをたしかめてみた。やはり自分宛《あ》てになっている。ワタルは、ピストルに手をのばし、銃身《じゅうしん》をつかんで持ち上げてみた。小ぶりだがずしりと重い。

「まさか、本物ってことないよな」

手のひらでピストルの重さをはかりながら、ワタルはつぶやいた。おそらく、重さも含《ふく》めて本物そっくりに作られたモデルガンだろう。

それにしても、なんでこんなものが自分に送られてきたのか。ワタルはピストルをリビングのテーブルに置いて、もう一度表書きをたしかめてみた。よく見ると、住所が二丁目になっている。ここは一丁目だ。住所がちがっていたのだ。

「なんだ、そうか」

拍子抜《ひょうしぬ》けして、思わず笑ってしまった。おそらく、二丁目にワタルと同姓《どうせい》同名の人がいたので、配達員がうっかりまちがえたのだろう。誤配《ごはい》だ。

これでわけがわかった。たぶん、二丁目の〈ワタル〉さんが、ネットオークションかなにかでモデルガンを購入《こうにゅう》したのだろう（モデルガンショップから購入したのなら、ちゃんとした箱に入れてあるはずだ）。それがまちがってワタルのもとに配達されたのだ。紙袋《かみぶくろ》の裏《うら》に記されていたＭＫＫというのは、ネットオークションの出品者にちがいない。

そういうことなら、包みなおして郵便局《ゆうびんきょく》にもっていき、わけを話して正しい住所に再配達してもらえばいい。それとも、わざわざ郵便局に行くまでもなく、ポストにほうりこんでおくか。こっちの責任じゃないのだから、それでもいいような気もする。

そう思って、ピストルを包みなおそうとワタルが緩衝材《かんしょうざい》に手をのばした時、電話が鳴った。

——ハシモト・ワタルくんですね。

受話器から聞こえてきたのは、少しかん高い若《わか》い男の声だった。

「そうですけど」

——よかった。今、きみひとり？

「ええ。あの、どなたですか」

——ＭＫＫの者です。

「えっ、じゃあ……」

——そう。どうやら誤配《ごはい》があったみたいで、ある品物がまちがってきみのところに届《とど》いたようなんだが、もう開けてしまったかい？

「あっ、は、はい。ぼく宛《あ》てだったんで、住所をよく見ないで開けてしまったんです。すみません」

――いや、きみがあやまることはない。自分宛てなら開けて当然だ。

男の声は明るく、さわやかだった。

――それはともかく、開けてしまったならしかたがない。きみがそのまま使いたまえ。

「えっ、うそ！」

あまりにあっさりといわれたので、ワタルは思わず口走ってしまった。

――ははは。

受話器の向こうから、小さな笑い声が返ってきた。

――うそじゃないさ。きみに進呈《しんてい》する。

「ほんとにいいんですか。モデルガンの値段《ねだん》ってわかんないけど、これって、高いんでしょ？」

――値段はあってないようなものだ。それから、そのピストルは、きみが思っているようなただのモデルガンとはちがう。特別なものだ。殺傷《さっしょう》能力はないが、別の力がある。それは引き金を引いてみればわかる。引き金を引くか引かないかは、きみしだいだ。じゃあね、よろしく。

電話はそこで切れた。

ワタルは受話器をおいて、テーブルの上のピストルに目を向けた。

「特別なものだって？　どう見たって、ふつうのモデルガンじゃないか」

取り上げて、握《にぎ》ってみた。まるでワタルの手にあわせて作ったみたいに、しっくりきた。引き金にはひとさし指の第一関節までしっかりとかかる。

ワタルは、リビングを横切って、庭に面したガラス戸を開けた。テレビドラマのFBI捜査官《そうさかん》のように、両手で包みこむようにかまえ、引き金に指をかけて塀際《へいぎわ》のツバキに銃口《じゅうこう》を向けた。そのとたん、手の中でピストルが生き物のようにピクリと動いた。

背中《せなか》がぞくりとした。

撃《う》て！

頭のなかにだれともわからない声が響《ひび》いた。ワタルは力いっぱい引き金を引いた。

銃声《じゅうせい》も反動も起こらなかった。ツバキの葉が五、六枚《まい》、はらはらと落ちただけだった。

ワタルは、呆然《ぼうぜん》として手の中のピストルを見つめた。ピストルは、重い存在感《そんざいかん》をもってワタルに迫《せま》ってきた。

「どうなってるんだ?」

ワタルは、ふたたびピストルをかまえ、ツバキのとなりのサザンカに銃口を向けた。手の中でピストルがピクリと動き、背中にぞくりと快感が走ったかと思うと、頭の中で「撃て!」という声が響き渡《わた》った。その声にうながされるようにワタルは引き金を引いた。次の瞬間《しゅんかん》、サザンカの紅《あか》い花びらが音もなくぱっと四方に散った。

庭の木々《きぎ》に向けて、ワタルは次つぎに引き金を引いた。オガタマやヒバ、ピラカンサス、キンカン、ハナミズキなどの葉が散り、枝が折れ、実がふっとんだ。庭じゅうに音のない嵐《あらし》が吹《ふ》き荒《あ》れたようだった。

ワタルは撃つのをやめて、ふーっと大きな息をついた。なんだかいい気分だった。ピストルを握ると、目に見えない力《フォース》が身内にみなぎってきて、引き金を引くと、その力がときはなたれるような感覚があった。これが、電話の男がいった〈特別〉ということなのだろうか。たしかに、ただのモデルガンではないようだった。

あくる日、学校から帰ると、ワタルはピストルを上着のポケットに入れて、家を出た。もっといろいろなところでピストルを試したかった。その機会は、すぐにやってきた。近所の公園を横切ろうとすると、公園の隅《すみ》の大きなケヤキの木の陰《かげ》で、同じクラスのアリタ・テツオとその仲間が、ワタナベ・ユキオをとりかこんでいた。公園にはほかに人はいなかった。

「ちぇっ、これだけかよ！」

アリタのいらいらした声がする。

「五万円持って来いっていっただろ」

「ごめん。それだけしか持ち出せなかったんだ」

ワタナベ・ユキオが、弱々《よわよわ》しい声であやまっている。

アリタとその仲間が、ワタナベ・ユキオをいじめの標的にしているのは、みんな知っていた。けれど、仕返しがこわいので、ワタルも含《ふく》めてだれもが見て見ぬふりをしていた。

「ふん。じゃあ、不足分の埋《う》め合わせをしてもらおうじゃないか」

「埋め合わせって?……あっ、な、なにするんだ！」

——まずい。

このまま進めば、いやでもいじめの現場を目撃《もくげき》することになる。目撃されたアリタたちが、ほうってはおかないだろう。さわらぬ神に祟《たた》りなしだ。そう思って踵《きびす》を返しかけた時、ワタナベ・ユキオの弱々しい声がワタルの耳にはいった。

「やめてくれよ、やめてくれよう……」

ふり返ると、アリタの仲間たちが、ケヤキの幹を抱《だ》かせるようにしてワタナベ・ユキオを押《お》さえつけ、アリタがその尻《しり》に執拗《しつよう》にキックを見舞《みま》っていた。

「やめてくれよ、やめてくれってば！」

ワタナベ・ユキオが泣き声でわめくと、仲間のひとりがその口を押さえた。

ワタルは、上着のポケットに手を入れ、ピストルを握《にぎ》った。手の中でピストルがピクリと動いた。

撃《う》て！

頭の中で声が響《ひび》いた。ワタルは、意を決してアリタたちに歩みよっていき、声をかけた。

「やめなよ」

「なにっ⁉」

アリタがキックを止めて、おどろいたようにふり返った。

「いま、なんていった」

「やめなよ」

ワタルはくり返した。

「いじめは、もうやめなよ。やめて、ワタナベにあやまるんだ」

「お前、おれに命令する気かよ」

あっけにとられたように、アリタはワタルを見やった。

「いい度胸《どきょう》だな」

「やめなければ、撃《う》つ」

ワタルは、ピストルを上着のポケットから出した。アリタがぎょっとしたようにあとずさり、仲間たちもワタナベ・ユキオから手を放して逃《に》げ腰《ごし》になった。が、それも一瞬《いっしゅん》のことだった。

「なんだ、おい、モデルガンでおれを脅《おど》すのか」

アリタはげらげらと笑いだした。

「いいぜ。撃ちたければ撃ちな。ここだ。はずすなよ」

あざ笑いながら、アリタは自分の胸《むね》を指さした。

ワタルは、引き金に指をかけ、銃口《じゅうこう》をアリタの胸《むね》に向けた。背中《せなか》がぞくりとした。

次の瞬間《しゅんかん》、指がひとりでに動いたように引き金を引いていた。

なにも起こらなかった。

「おいおい、そいつ、故障《こしょう》してんじゃねえのか」

アリタがまた笑い声をあげたが、途中《とちゅう》でふいに笑いやめると、きょとんとした顔つきで首をふった。

「へんだな。なんだかへんな気分だ」

ぶつぶつつぶやいていたが、ワタルを見ると、はっとしたように表情をひきしめ、

「わかった。いじめはやめる」

がくりとうなずくと、いきなりひざまずき、ワタナベ・ユキオの前に両手をついて頭をさげた。

「いじめをして、悪かった。あやまる」

ワタナベ・ユキオとアリタの仲間たちは、呆然《ぼうぜん》とアリタを見つめていたが、だれよりも呆然としていたのは、ワタルだった。

——このピストルは、撃った相手を自分の思いどおりにできる……。

ＭＫＫの男がいった〈別の力〉とは、このことだったのだ！

ワタルがアリタ・テツオを自分のいうとおりにさせたというニュースは、あっという間にクラスじゅうに広まった。

「ハシモト、すげえじゃん」

「マジかよ」

「魔法《まほう》でもつかったのか」

「あの人なら、いつかやると思ったわ」

「ハシモトくん、すてき！」

ワタルは、クラスメートから尊敬《そんけい》の眼差《まなざ》しでむかえられた。

アリタはすっかりおとなしくなり、ワタルのいうことはなんでもきくようになった。

アリタの仲間もアリタにならった。これを見たクラスメートたちもワタルのいうことをきくようになった。だれひとり、ワタルのいうことに反対する者はいなかった。たとえ反対する者がいたとしても、ピストルを撃《う》てばコロリと態度を変えた。ワタルはクラスに君臨《くんりん》した。

アリタと仲間たちをおさえたワタルに、教師たちも一目置《いちもくお》くようになった。

「一組のハシモト・ワタルは、クラスメートになかなか影響力《えいきょうりょく》のある生徒のようだ」

「クラスじゅうが、あの子にしたがっているみたいね。なにか強い力を持っているんじゃないかしら」

「うちのクラスにも、その力を発揮《はっき》してもらうかな。いじめがなくなるかもしれない」

教師たちは、それぞれのクラスの〈指導〉をワタルに頼《たの》んだ。もちろんこれもうまくいき、ワタルは学年のリーダーになった。上級生もワタルには逆らえなかった。家庭では、両親ともワタルには逆らわなかった。といっても、べつにピストルを使う必要はなかった。評判が上がるにつれ、ワタルはふたりにとって自慢《じまん》の息子となり、ワタルのいうことならなんでもきくようになっていたからだ。

高校、大学と、ワタルは快適に過ごした。クラスメートも友人も教師も講師も教授も、みんなワタルのいいなりになった。たとえ苦境に直面することがあっても、ピストルを使えば、事態は好転した。

ワタルは、人助けのためにもピストルを使った。部員に暴力をふるっていた野球部の監督《かんとく》を、部員の前で謝罪させた。マンションの五階から飛《と》び降《お》りようとしていた中学生を止めたこともあった。もっとも、そういうことはまれで、ほとんどは自分のために使った。その使い方も巧妙《こうみょう》になって、やみくもに使うのではなく、ここぞという時に使うようにした。それも、おおっぴらにやるのではなく、標的にわからないように使った。物陰《ものかげ》にかくれてねらったり、すれちがいざま上着のポケット越《ご》しに撃ったりするのだ。そのため撃たれた相手は、自分の意思でワタルのいうことに従《したが》ったと思いこむのだった。

大学を卒業すると、ワタルは一流企業《きぎょう》に就職《しゅうしょく》した。そして、いくらもたたないうちにすばらしい業績をあげて出世街道をばく進した。ピストルを使えば、取引相手や交渉《こうしょう》相手を自分の思いどおりにできるのだから、業績をあげるのは簡単《かんたん》だった。一方で、自分をおびやかすライバルに対しては、ほかの者に悪口をいわせるようにしむけて評判を落とさせ、蹴落《けお》としていった。

社内でのワタルの地位はうなぎ登りに上がり、やがてトップをねらえるところまできた。が、そこでワタルは、方向を転換《てんかん》し、会社をやめて政界にはいった。

ワタルは、ひとを自分の思いどおりにさせる快感に酔《よ》っていた。この快感をもっともっと味わうには、権力《けんりょく》が必要だった。権力を得れば、だれに遠慮《えんりょ》もなく、思う存《ぞん》分《ぶん》力をふるえるだろう。それにはどうしたらよいか。すべての権力が集中するところ——国をひきいるリーダーにならなければならない。

政界にはいったワタルは、有力政党《せいとう》の代議士となり、党《とう》の役職を歴任してついに副《ふく》党首《とうしゅ》になった。もちろん、要所要所で例の手段《しゅだん》を用いたことはいうまでもない。

そのころ、これまで国をひきいてきたリーダーが引退《いんたい》したので、新しいリーダーを選ぶことになった。この機会を待っていたワタルは、ただちに立候補《りっこうほ》した。ライバルも立候補して、はげしい選挙戦がくりひろげられた。形勢はワタルに不利だった。党《とう》内《ない》ではピストルのおかげでワタルのいうことに反対する者はいなかったが、国民には人気がなかった。なんでも自分の思いどおりにしてしまうワタルの強引なやり方が、反感をかっていたのだ。

ワタルは、全国を回って演説した。地方ではそれほどでもなかったが、都市部では批判《ひはん》のヤジが多くなった。そして、首都で開かれた街頭演説会では、ヤジははげしくなり、「ひっこめ！」「やめろ！」「いいかげんにしろ！」の大合唱になった。

ワタルの顔がけわしくなった。

――じょうだんじゃない。ここでひっこんでたまるか！

ワタルは、上着の内ポケットからピストルを取りだし、聴衆《ちょうしゅう》に向けてかまえた。手の中でピストルがピクリと動き、

――撃《う》て！

頭の中で声が響《ひび》いた。

引き金にかけたワタルの指が、ゆっくりと動いた……。

気がつくと、ワタルはリビングのテーブルを前にしてすわっていた。両手で包みこむようにしてピストルを握《にぎ》っている。引き金には指がかかっていた。

「なんてこった……」

ワタルは呆然《ぼうぜん》とした。郵便受《ゆうびんう》けから自分宛《あて》の紙袋《かみぶくろ》を取りだし、ピストルが出てきておどろいたが、表書きをたしかめて誤配《ごはい》とわかり、拍子抜《ひょうしぬ》けしたところへ若《わか》い男から電話がかかってきて、電話が切れたあと、ＦＢＩの捜査官《そうさかん》ふうにピストルを握《にぎ》りしめたところまでの記憶《きおく》が、ビデオの再生のようによみがえった。

それから先は？

ワタルはピストルをほうりだすと、立ち上がってリビングを横切り、庭に面したガラス戸を開けた。たしか、ツバキやサザンカ、オガタマやハナミズキをねらって、ピストルをつづけざまに撃《う》ったはずだ。見ると、庭の木々《きぎ》は嵐《あらし》が通りすぎたように無残な姿《すがた》をさらしていた。

すると、庭にピストルを発射《はっしゃ》したあと、テーブルまでもどってきて、それから夢を見たにちがいない。白昼夢《はくちゅうむ》というのだろうか。それにしても、なんという夢だろう！

たしかに、日ごろ、アリタのいじめを見て見ぬふりをしていた。そのことにやましさを感じて、アリタに謝罪《しゃざい》させる夢を見たのかもしれない。しかし、それから先は……コウトウムケイ、デタラメもいいところだ。なんだって、あんな夢を見たんだろう。

「きっと、こいつのせいだ」

ワタルは、禍々《まがまが》しいものを見るように、ピストルに目をやった。

そのとき、電話が鳴った。受話器を取ると、聞き覚えのある声が耳にとびこんできた。

――やあ、ワタルくん。どうだったかな。ピストルは気に入った？

男はいやになれなれしかった。

「まだ使っていません」

ワタルはかたい声で答えた。

――そんなことはないだろう。きみは、アリタ・テツオを撃って、いじめを謝罪させた。さらに、ほかのクラスのいじめっ子にもいうことをきかせた。高校や大学でもピストルをうまく使って、要領よく過ごした。さらに、会社では出世街道をつきすみ、政治家に転身して有力政党《せいとう》の副党首《ふくとうしゅ》にまでのぼりつめた……。

ワタルはことばを失った。なんで、ひとの夢のことを知ってるんだ。

――ははは。わたしがきみの夢の内容を知っているんでおどろいているんじゃないかな。

電話の向こうの男は、ワタルが思っていることを察していた。

――もうわかっていると思うけど、ピストルがカギなんだよ。ただのモデルガンじゃないといっただろう。そのピストルは、引き金を引くと所持者の脳波《のうは》がこちらのモニターとつながり、夢を見させるようになっている。それも、ただの夢ではない。男は、自分のことばの効果をたしかめるように、ちょっと間をおいてから、ふたたびしゃべりだした。

――きみは、予知夢《よちむ》というのを知ってるかい。未来に起きる出来事を知らせる夢だ。たとえば、親しい友人が死んだ夢を見た数日後に、その友人の死亡《しぼう》通知が届《とど》くというような場合、その夢を予知夢という。きみが見た夢は、予知夢なのだ。すなわち、きみは未来において、夢に見たとおりの行動をするということだ。

きみの夢はすべてピストルを通じてコンピュータに記録され、分析《ぶんせき》されている。それによれば、きみは、自己《じこ》中心的で、ほとんどの場合、自分の利益のためにピストルを使用している。ひとを自分の思うままに動かそうとする支配欲《しはいよく》、権力志向《けんりょくしこう》も強い。さらには独裁者的傾向《どくさいしゃてきけいこう》もある。こういう人物は、社会的にあまり好ましくない。このままほうっておくと、社会に悪い影響《えいきょう》を及《およ》ぼす懸念《けねん》がある。したがって、できるだけ早い時期にその芽をつむ必要がある。

というわけで、きみは今現在のこの社会から排除《はいじょ》される。すでに収容車《しゅうようしゃ》がそっちに向かっている。もうそろそろ着くころだろう。参考のためにいっておこう。MKKというのは、未来行動研究所《MKK》の略称《りゃくしょう》だ。ピストルの送り先は無作為《むさくい》で選んでいるんだが、誤配《ごはい》がなければ、きみもこんな目にあうことはなかったわけだ。お気の毒といいたいが、未来の社会のためには、早期発見できてかえってよかったともいえる。悪く思わないでくれたまえ。

よどみなく一方的にしゃべって、男は電話を切った。

ワタルは、電話が切れたのにも気づかず、受話器を握《にぎ》りつづけた。しばらくして気がついて、受話器を置いた。

「SFじゃあるまいし、いたずら電話にきまってる」

そうは思ったが、男が夢の内容を知っていたことが頭を離《はな》れなかった。

「とにかく、めんどくさいことにならないうちに、こいつを捨《す》ててしまおう」

ワタルは、ピストルを手に取って、緩衝材《かんしょうざい》に包みはじめた。

そのとき、チャイムが鳴った。

夢のなかでピストル

　そのとき、ミキオは、どこともしれない暗い道を歩いていました。細い路地のような道で、両側には高いコンクリートの壁《かべ》がそびえています。壁にはたてに十個ばかりの窓《まど》がならんでいましたが、どの窓も暗く、まるで板にうちつけたこしらえもののようでした。

　頭の上には、明るく丸い月が出ていましたが、両側の壁の影《かげ》がいじわるをするように月の光をさえぎっているので、ミキオの足もとはどこまでいっても暗いままでした。

　どうしてこんなところに迷いこんでしまったのか、ミキオにはさっぱりわかりません。駅前の塾《じゅく》で勉強して、終わって友だちとわかれ、家までの細い坂道をのぼっていったところまでは、おぼえています。あしたのテストのことを考えながら、うつむきかげんにのぼっていき、のぼりきったところで頭をあげると、高い壁にかこまれた暗い道が、目の前に広がっていたのです。

おどろいて後ろをふり返ってみると、そちらも同じような道で、のぼってきた坂道は、はじめからなかったみたいに消《き》え失《う》せていました。

ミキオは、呆然《ぼうぜん》として、しばらくのあいだその場につったっていました。それから、のろのろと歩きだしました。なにかへんてこなことがおこったのはたしかでしたが、どうしてなのかを考えるより、まず、家に帰りつくのが先決です。それには、歩くしかありません。

しばらく歩いていくと、T字路にぶつかりました。正面には窓のついた壁がたちはだかり、左右にはやはり壁にはさまれた暗い道がつづいています。ミキオは、ちょっと考えてから、右の道に踏《ふ》みこみました。

その道をしばらくいくと、またT字路にいきあたりました。ミキオは、こんどは左にまがりました。するとまた、しばらくいったところで、T字路にぶつかりました。

どうやら、ここは迷路になっているようです。

それからなんどもT字路にぶつかるごとに、右にまがったり、左にまがったりしながら、ミキオは暗い道を歩きつづけました。歩いているのはミキオひとりで、前後左右どっちを見ても、人っ子ひとり、犬猫《いぬねこ》いっぴき見あたりません。ときおり、わびしい月の光がおなさけみたいにさしこんでくるばかり。

「いったいどこに行きつくんだろう」

ミキオはこころぼそくなりましたが、とにかく歩くしかありません。塾《じゅく》のかばんをゆすりあげて、とぼとぼと歩きつづけました。

前方に、ぽつりと街灯の明かりが見えたのは、歩きはじめてから一時間近くたったころのことでした。ミキオは、声にならない叫《さけ》びをあげながら、街灯めざして勢いよく走りだしました。

けれど、街灯の前まできて、ミキオの足はぴたりと止まってしまいました。そこは行き止まりで、窓《まど》のついた壁《かべ》が目の前に立ちはだかり、一本きりの街灯が壁を背《せ》にしてぽつんと立っているだけだったのです。

「なんだよ」

ミキオは、全身の力がぬけたみたいに、へなへなとくずおれそうになりました。そのとき、足もとになにか落ちているのに気がつきました。街灯の光をあびて、黒く輝《かがや》いています。ピストルのようです。

手をのばして拾い上げようとしたとたん、目の前のけしきがカラリとかわりました。そこは、自分の家の門の前でした。

ミキオは、ほっとして、門柱にとりつけてあるインターホンのボタンをおしました。

「どなた？」

インターホンから、お母さんの声がながれてきました。

「ぼく。玄関《げんかん》あけてよ」

「ミキオ！　塾《じゅく》からうちまで十分とかからないのに、一時間もどこをふらふらしていたの！」

インターホンからながれてくるお母さんのとがった声を聞きながら、ミキオは門のとびらを開けました。ふと、足もとに目をやると、ピストルは影《かげ》も形もありませんでした。


そのとき、ミキオは、どこともしれない公園にいました。すべり台にブランコとせまい砂場《すなば》があるだけの小さな公園です。すべり台のまわりには雑草がはえ、ふたつあるブランコのひとつは、すわる板がはずれ、砂場には砂がほとんどありません。ずいぶんとさびれた公園のようです。

なんでこんなところにいるのか、ミキオにはさっぱりわかりませんでした。いつものとおり、朝おきて、ご飯を食べて、家を出たのはおぼえています。いつものとおり、途中《とちゅう》で友だちに会い、いつものとおり、つれだって学校に向かいました。

いつものとおりでなかったのは、歩いているうちに、片方《かたほう》のスニーカーのひもがほどけてしまったことでした。

「ちょっと、まって」

ミキオは友だちにいい、かたひざをついて、スニーカーのひもをしめなおしました。

「もういいよ」

歩きだそうとして、頭をあげると、待っていてくれた友だちの姿《すがた》はどこにもなく、かわりに、すべり台や、ブランコや砂場《すなば》が、いっぺんに目にとびこんできたのです。

ミキオは、あらためてあたりを見まわしてみました。みすてられたような、さびれた公園であるほかは、どことい ってかわったところはありません。

「おや?」

ミキオの目が、砂場にとまりました。なにか落ちているみたいです。

砂場には、ほんの少ししか砂がはいっていませんでしたが、そのわずかな砂のあいだから、なにか黒いものが頭をのぞかせていました。

「なんだろう」

拾い上げてみると、それは一丁のピストルでした。

「ほんものかな？」

ミキオは、ピストルを握《にぎ》り、引き金に指をかけて、ぐいと腕《うで》をのばすと、叫《さけ》びました。

「バン！」

そのとたん、

「なんのまねだ」

頭の上から声が降《ふ》ってきました。はっと気がつくと、そこはいつもの教室で、先生がつくえのわきに立って、ミキオを見おろしていました。ピストルの形をまねたミキオの右手の指の先が、ちょうど先生のおなかのあたりをぴたりとねらっていました。

「それで先生を撃《う》つつもりだったのか。こわいな」

先生は笑いながらいいましたが、その目は笑っていませんでした。

「まあ、そんなぶっそうなものは、しまっておきなさい」

ミキオは、あわてて、右手を背中《せなか》の後ろにかくしました。馬鹿《ばか》にしたような笑い声が、どっとわきおこり、教室中に広がっていきました。

そのとき、ミキオは、どこともしれない森の中にいました。どうしてそんなところにいるのか、ミキオにはさっぱりわかりませんでした。晩《ばん》ご飯を食べ、テレビをちょっと見て、宿題をやって、コミックを読んで、それからトイレにいって、パジャマに着替《きが》えてベッドにはいりました。

ひとねむりしたと思ったら、ふっと目がさめました。そして、自分がベッドではなく、大きな樹《き》の根もとに寝《ね》っころがっていることに気がついたのです。

ミキオは、起き上がって、歩きだしました。はだしの足にふまれて、しげった下草が、がさがさと耳ざわりな音をたてました。しばらく歩いているうちに、音がしなくなったので、ふと見ると、足もとはいつのまにか黒い土にかわっていました。

黒い土は、立ち並《なら》ぶ木々《きぎ》のあいだをぬって、細いおびのようにつづいていました。ミキオは、少し早足になって、その上を歩いていきました。森の中は、はじめのうちはうすぐらく、木と木がべったりとくっついているように見えたのですが、歩いているうちに、うす明るくなってきて、木と木のあいだがはっきりとしてきました。

そのころから、少し風が吹《ふ》いてきて、さわさわと木々の葉をゆらしはじめました。まだ小鳥の声は聞こえてきませんでしたが、森がめざめはじめているような感じでした。

ミキオの足がまた速くなりました。

そうやって、どのくらい森の中を歩いたでしょうか。ふと気がつくと、いつのまにか木立がとぎれて、ミキオは森の外に出ていました。そこは、いちめんの草地で、草の葉にたまった朝露《あさつゆ》が、のぼったばかりの太陽に照らされて、キラキラと光っていました。

「朝だ！」

ミキオは、歓声《かんせい》をあげて、草地をかけていきました。

けれど、途中《とちゅう》で、急ブレーキをかけたように、ミキオの足が止まりました。草地は、いきなりすぱっと断ち切られて、高いがけになっていたのです。

がけのふちの少し手前であぶなくふみとどまったミキオは、ふうっと大きな息をついて、前方に目をやりました。目の下に、かわらやスレートぶきの家々《いえいえ》の屋根が、朝もやにつつまれておりかさなるようにつらなり、その向こうに、マンションやビルが立ち並んでいます。

「あれは……」

ミキオは、立ち並んでいるビルのなかに、みおぼえのあるものをいくつか見つけました。右手の方に見えるのが市役所。そのななめ向こうが警察署《けいさつしょ》で、左手には大学の時計塔《とけいとう》がそびえています。

目の前にパノラマのように広がっていたのは、ミキオが見なれた、そして、すみなれた町の、いつもとかわらない朝のけしきだったのです。

「なんだ、つまらない」

ミキオは、目をもどしました。すると、黒い土にまみれた両足のあいだに、黒っぽいものが落ちているのに気がつきました。

手をのばして拾い上げてみると、それは、黒光りした一丁のピストルでした。鋼鉄《こうてつ》の冷たさとずしりとした重みが手に伝わります。

背筋《せすじ》がぞくりとしました。

ミキオは、両手でピストルをかまえました。引き金に指をかけ、両腕《りょううで》をさっと前方につきだすと、両足をふんばり、いっきに引き金をひきました。

そのとき、〈世界〉が変わりました。

どこともしれない闇《やみ》の底に、一丁のピストルがよこたわっている。鋼鉄の冷たさとずしりとした重みをたたえて、ひそかにいきづき、引き金がひかれるのを待っている。

穴《あな》

こんな夢を見た。

知らない街にいた。

いや、そうもはっきりとはいえない。見覚えがあるようなないような、中途半端《ちゅうとはんぱ》な感じがする。昔知っていた街が、歳月《さいげつ》がたつうちにすっかり変わってしまってはいるが、どこがどうとはいえないけれどどこかに昔の面影《おもかげ》がかすかに残っているというか——。

それにしても、異様《いよう》な雰囲気《ふんいき》だった。

自分がいるところは広場で、ロータリーになっており、真ん中に噴水《ふんすい》がある。水は涸《か》れていて、枯《か》れ草や枯れ枝、砂《すな》などがつもっていた。そのあいだからわずかにのぞくタイルばりの底は白くかわいていて、もう長いあいだ噴水が使われていないことを示していた。

噴水《ふんすい》の右手はスーパーで、左手は金網《かなあみ》にかこわれた広い駐車場《ちゅうしゃじょう》。正面は三階建てのビルで、向こう側にぬける通路がビルをつらぬいている。背後《はいご》はせまい公園だった。

しばらくあたりを見まわしているうちに、さっきから感じていた異様《いよう》な雰囲気《ふんいき》がなぜなのかわかった。

スーパーにも正面のビルにも広告の看板《かんばん》がいくつかかかっていたが、そのどれもみな文字が消えていた。文字だけではない。絵も写真もなく、ただまっ白なだけなのだった。

それともうひとつ。

晴れ上がった空のぐあいと日ざしから、朝の七時ぐらいかと思われるのだが、あたりにまったく人気がないことだった。朝の七時台といえば、通勤《つうきん》や通学の人たちがせわしなく行き来しているはずなのに、広場には人っ子ひとりいない。それどころか、乗用車やバスも一台もない。広場はひっそり閑《かん》として、物音ひとつしなかった。

スーパーにはいってみた。店内に明かりはなく、暗かった。空調も止まっているようで、むっとしている。足もとに気をつけながら、進んだ。暗がりにならんでいる棚《たな》にはほとんど品物がなかった。少しばかり残っている野菜や肉や魚は腐《くさ》っていて、いやなにおいを発していた。

足早に店内をひとまわりして、外に出た。ほっとして、深呼吸《しんこきゅう》した。ふっと駐車場の方に目がいった。車が一台止まっていた。ロータリーを横切って、駐車場にはいった。車は入り口の近くにあった。フロントガラスが割《わ》れ、前輪のひとつがパンクして、ぺしゃんこになっていた。中にはだれもおらず、助手席に腹《はら》を割《さ》かれ詰《つ》め物がはみだしたテディベアがころがっていた。黒い目が車の天井を見つめている。

駐車場を出て、向かい側のビルに行った。ビルには洋菓子店《ようがしてん》や喫茶店《きっさてん》、レストランなどがあったが、どこもがらんとして、人も品物もなかった。レストランのショーウインドウにメニューのサンプルがいくつか残っていた。スパゲッティーをフォークですくいあげているサンプルがあったが、フォークがなくなっていてスパゲッティーだけが宙《ちゅう》に浮《う》いているのがへんに生々《なまなま》しかった。

通路をぬけると、そこは駅の改札口だった。時刻表《じこくひょう》や看板の文字はすべて消えていて、何線のどこの駅かもわからない。自動改札も機能しておらず、そのまま通りぬけられた。だれもとがめる者はいなかった。

ホームには、十両編成の電車が止まっていた。ドアは全部開いている。どの車両にも人影《ひとかげ》はなかった。先頭の車両に行ってみると、運転室のドアがあいていた。中にはいって、運転席にすわった。コントローラーに手をのばし、動かしてみた。おどろくほどなめらかに動いたが、電車は動かなかった。

運転室を出て、つり革《かわ》を順繰《じゅんぐ》りに手でゆらしながら最後尾《さいこうび》の車両まで歩いた。糞《ふん》のかたまりが数個、床《ゆか》にころがっていた。人間のものか犬猫《いぬねこ》のものなのかわからなかった。どれもずいぶん前のものらしく、からからに干《ひ》からびていた。

向かい側のホームに売店があった。ホームから飛び降《とお》り、レールを横切って向かい側のホームに上がった。売店には数紙の新聞と週刊誌《しゅうかんし》が置いてあった。これまでとちがって、新聞にも週刊誌にも、文字や写真がこれみよがしにおどっていた。

手近の新聞を取り上げて、開こうとしたら、指の先からぐずぐずとくずれていき、ひとかたまりの灰《はい》になって足もとにつもった。ほかの新聞も週刊誌も同じだった。文字や写真に目をやるひまもなく、手にしたとたんにくずれさってしまった。

舌打《したう》ちして、売り台にならんでいたガムをひとつ取って包装《ほうそう》を破り、口に入れた。ひとくち噛《か》んだとたん、キーンと頭にひびいた。ねむけざましのガムだった。

ガムをはき出し、またホームから飛び降りて、線路をそのまま歩いていった。しばらく行くと、踏切《ふみきり》にぶつかった。遮断機《しゃだんき》が下りたままになっている。警報機《けいほうき》は鳴っていない。どっちへ行こうかちょっと考えてから、右に行くことにして遮断機をくぐった。

マンションにはさまれた道をまっすぐ歩いていった。広い通りに出た。バス通りのようだ。実際、左手一〇メートルほど先に一台のバスが止まっていた。そっちへ向かおうとした足が止まった。バスのドアが開いて、だれか降りてきたのだ。

男だった。長い髪《かみ》が肩《かた》まで垂《た》れている。着ているのは灰色《はいいろ》のトレーナーの上下で、足にはちびたゴム草履《ぞうり》のようなものをはいている。どうやらホームレスのようだ。

男は、手に持った赤いバックパックを地面におろすと、両手を上げて大きく伸《の》びをした。それから、足をひらき、上下左右に屈伸《くっしん》運動をはじめた。何回かそれをくり返すと、今度は円をえがくように身体を大きくまわした。それも何回かくり返し、最後に数回深呼吸《しんこきゅう》をした。

体操《たいそう》が終わると、男はバックパックを背負《せお》ってゆっくりと歩きだした。自分も、その歩調にあわせながら、あとをついていった。

歩いているのは、自分と男だけで、ほかに人影《ひとかげ》はない。バスも車も自転車も通らない。通りの両側に立ち並《なら》んでいるアパートやマンションから出てくる人もはいっていく人もいない。バルコニーに洗濯物《せんたくもの》や布団が干《ほ》されてもいない。床屋《とこや》や美容院やパチンコ店が通りにそってならんでいるが、客はだれもいず、音も聞こえてこない。そして、あいかわらず、目につくかぎりの店の看板《かんばん》や電柱の広告からは、文字が消えている。

この街は死んでいる。生きて動いているのは男と自分だけではないか。そんなことをふっと思った。

この異様《いよう》な事態について、男ならなにか知っているかもしれない。聞いてみたかったが、ホームレスっぽい人に声をかけるのはなんとなくためらわれた。いつも、ホームレスを目にしながら、そこにいないみたいに無視《むし》する習慣が身についていた。

男は、後ろをふり返らず、ゆっくりと歩きつづける。ゴム草履《ぞうり》がぺたんぺたんとまのびした音をたてる。背負《せお》ったバックパックの口から白いビニール傘《がさ》の柄《え》と、庭箒《にわぼうき》の柄《え》のような棒《ぼう》がとびだしている。

信号のついていない交差点を男は左にまがった。しばらく行くと、橋が見えてきた。川があるようだ。男はそのまま橋を渡《わた》っていく。と、渡りきったあたりで男の姿《すがた》がふいに消えた。急いでかけよってみると、なんのことはない、向こう岸には親水広場があり、男はそこに降《お》りるスロープを下っていた。

男は親水広場を横切ると、水際に歩みよった。バックパックをおろし、トレーナーを脱《ぬ》ぎ、下着も脱いで素《す》っ裸《ぱだか》になった。そして、じゃぶじゃぶと川の中にはいり、真ん中あたりまで行くと、ざぶりと身体《からだ》をしずめた。

川は幅《はば》一〇メートルぐらいで、石積みの護岸に雨水や生活排水《はいすい》を流す口がいくつも開いている。水はうすぎたなく濁《にご》っていた。それでも男は全身をしずめ、顔や頭や身体を丹念《たんねん》に洗《あら》った。それから、泳ぎだした。

気持ちよさそうにしばらく泳いだあと、男は川から上がってきた。バックパックからタオルを取りだし、頭から足の先までていねいに拭《ふ》いた。拭き終えると下着をつけ、トレーナーのズボンをはいた。つづいて上着を手に取ったが、ふっとその手を止め、小首をかしげてなにやら考えこんだ。

とつぜん男は大きな笑い声をあげて、手に持ったトレーナーの上着を勢いよくほうり投げた。つづいてなにを思ったのか、はいたばかりのズボンを脱ぎ、下着も脱《ぬ》ぎ捨《す》ててまた裸になってしまった。そして、裸の背中《せなか》にバックパックを背負い、親水広場を横切ってスロープをのぼっていった。

橋に上がった男は、また通りを歩きはじめた。自分も橋を渡ってあとを追った。

歩きながら男が大声をあげはじめた。

――どうせ、おいらの行く先は！

そんなことをわめいている。

──どう〜せ〜、おい〜ら〜の〜ゆくさあ〜きは〜……

今度は節をつけて歌いだした。けれどその先がつづかず、同じ文句をくり返している。

しばらくすると男は立ち止まり、バックパックを前にまわしてビニール傘《がさ》を取りだした。ぱっと開いて左手で高くかかげ、右手をゆらゆらとふりながら足をあげて踊《おど》りはじめた。

この男、頭がおかしいんじゃないだろうか──そう思った。

裸男《はだかおとこ》は、阿波踊《あわおど》りのように踊りながら通りを進んで行った。あいかわらず、「どうせ、おいらの、行く先は……」をくちずさんでいる。

次の交差点で、男は右にまがった。団地の建物にかこまれた坂道だ。踊りながら男はゆっくりと坂道を降《お》りていく。降りきったところに学校があった。どこかで見たような覚えがあったが、思い出せない。校門にはめこまれているプレートに記されている校名は消えていた。

男は、踊りをやめると、校門の鉄柵《てっさく》を乗《の》り越《こ》えて内側にはいった。自分も少しあとからつづく。男は、だれもいない白々《しらじら》とした校庭を横切って、校舎の裏《うら》にまわった。そこに立っていた三本のヒマラヤスギのうち真ん中のやつに歩みよると、ビニール傘を投《な》げ捨《す》て、バックパックから庭箒《にわぼうき》の柄《え》のような棒《ぼう》を取りだした。小ぶりのスコップだった。

男は、スコップでヒマラヤスギの根もとを掘《ほ》りはじめた。

そのとき自分は、ずっと昔に見たもうひとつの夢を思いだした。その夢でも、見知らぬ男のあとを追っていた。その男もバックパックを背負《せお》っていた。夜で、月明かりに男の黒い影《かげ》が路上に長く伸《の》びていた。

男は後ろをふり返らずに足早に歩きつづけ、団地のあいだの坂道をくだって、小学校の門の前にやってきた。それは、自分が通っていた小学校だった。男は校門の柵を乗り越え、校庭を横切って校舎裏の三本のヒマラヤスギに歩みよった。そして、バックパックからスコップを取りだすと、真ん中のヒマラヤスギの根もとに穴《あな》を掘りはじめた。

片腕《かたうで》がすっぽりはいるくらいの穴を掘りあげると、男はバックパックからぽこりとふくらんだ黒いビニール袋《ぶくろ》を取りだし、掘ったばかりの穴に投げこんだ。そして、すばやく土をかぶせはじめた。

すっかり穴をうめおえると、男は、なめるように入念にうめあとを点検した。

——よし。

やがて満足げに大きくうなずき、スコップをバックパックにもどして立ち上がった。

そして、ゆっくりとこちらをふり返った。

自分ははっとした。

月明かりに照らし出されたその顔は、数日前テレビのニュースで見た殺人犯のものだった。

そして今、裸男《はだかおとこ》が昔の夢の男と同じ場所を同じように掘《ほ》っている。

——どう〜せ〜、おい〜ら〜の〜ゆくさあ〜きは〜……

例の鼻唄《はなうた》をくちずさんでいる。

やがて十分な深さまで掘りあげたのか、スコップをほうり投げ、片腕《かたうで》を肩《かた》のあたりまで穴《あな》につっこんだ。しばらくごそごそ探《さぐ》っていたが、やがて泥《どろ》だらけの腕《うで》がゆっくりと引き上げられた。腕は、黒いビニール袋《ぶくろ》をしっかりとつかんでいた。

男は袋の口を開け、中のものを取りだすと、たしかめるように日にかざした。一丁のピストルだった。男の手の中で、明るい日ざしをうけて黒光りしている。

男は、引き金に指を入れ、西部劇《せいぶげき》のガンマンのようにくるくるとまわしては手の中におさめた。右手と左手でかわりばんこに何度もくり返した。それはどうやら気持ちを落ち着けるためだったらしく、やがて、「よし」というようにひとつうなずくと、右手でしっかりと握《にぎ》り、引き金に指をかけた。そして、銃口《じゅうこう》をこめかみにあてた。

男はそのままゆっくりとこちらをふり向くと、にこりと笑って引き金を引いた。

夢がガラスのように砕《くだ》け散っていくなかで、自分は、男の顔が自分のものにほかならないことをさとっていた。

ゲーム

第一ステージ

「これはゲームです」

と、男はいった。

若《わか》い男だった。大学生だろうか。あごの下にうっすらとひげをはやしている。

そこは塾《じゅく》の教室のような部屋だった。四方は白い壁《かべ》で、天井からさがっている蛍光《けいこう》灯《とう》が、青白い光を注いでいる。正面には移動式の黒板。一人掛《が》けの机《つくえ》つきのいすが三〇ばかり。実際、塾の教室なのかもしれない。それにしては、窓《まど》もドアもないのがおかしいといえばおかしい。

いすは、ほとんどうまっていた。五、六年生から中学一、二年生ぐらいまでの子どもたちで、男の子も女の子もいる。

「これはゲームです」

男は、もう一度くり返した。

「きみたちの机の上に、あるものがおいてある。まず、それをたしかめてみよう」

男のことばにしたがって、みんないっせいに自分の机を見た。部屋中にざわめきが広がった。

「それがなんだかは、もちろんわかるね」

男は、にやりと笑った。机の上にのっていたのは、一丁のピストルだった。

本物だろうか。こわごわさわってみた。鋼鉄《こうてつ》の冷たい感触《かんしょく》が電流のように手に伝わった。びくっとして、思わず手をはなした。まわりを見ると、みんな手をのばしている。なかには、引き金をさわっている者もいた。

「まだ、引き金をいじってはいけない。うっかりすると、こうなる」

男は、腰《こし》のベルトからピストルをひきぬいた。銃口《じゅうこう》を天井に向けると、むぞうさに引き金を引いた。パンとかわいた音とともに銃口からうっすらとけむりが立ちのぼった。みんないっせいに天井に目をやった。蛍光灯のわきの白いボードに、南天の実くらいの小さな赤い点がついていた。

「ペンキだよ。ピストルは本物じゃない」

なあんだというような笑い声がいくつかあがった。

「だからゲームだといったろう！」

男は目をつりあげてみんなをにらんだが、すぐに顔色をやわらげた。

「これからきみたちは、フィールドに出て戦う。武器は机《つくえ》の上のピストルだ。自分以外はすべて敵《てき》。撃《う》たれた者は次からこのゲームに参加できない。これは、サバイバルゲームなんだ。最後に残った者にはすばらしい特典がある。それを楽しみに、遠慮《えんりょ》なく撃ちあいたまえ。さあ、レッツ・ゴー！」

男がぱんぱんと手をたたいた。

そのとたん、場面が変わった。

森の中だった。重なりあった木々《きぎ》のあいだをふみならされた細い道が通っている。しんとしている。鳥の声も風の音も聞こえない。ピストルをかまえ、用心ぶかくあたりを見まわしながら歩きはじめた。

いくらも行かないうちに、右手の方でパンというかわいた音がした。とっさに道にたおれこんだ。

「ちぇっ」

舌打《したう》ちとともに、がさがさと茂《しげ》みをかきわけて逃《に》げていく音がした。すぐさま半身を起こして、ピストルをかまえたが、茂みはもう静まりかえっていた。

起き上がって左手を見た。道ばたの木の幹に、赤い丸い点がくっきりとついていた。ちょうど頭の高さだ。あぶないところだった。たおれこむのが一瞬《いっしゅん》でも遅《おそ》ければ、頭に当たっていただろう。

まともに道を歩いていたら、かっこうの標的になることに気がついて、左手の茂みにふみこんだ。なるべく音をたてないようにしながら、慎重《しんちょう》に茂みをかきわけていった。

しばらく進むと、木々のあいだに建物の屋根が見えてきた。さらに進み、全体がみわたせるような場所に移動した。道具置き場のような小屋だった。せまい空き地に建っていて、半分こわれかかっている。

あの小屋にひそんで、だれかが近づいてくるのを待ち、ねらい撃ちしたらどうだろう。そんな考えがうかんだが、すでにだれかがそう考えて小屋にこもっているかもしれないと思った。

ふいに、がさっと茂みのゆれる音がした。右手一〇メートルほどのところに、人影《ひとかげ》が立った。中学生らしい男の子だった。あたりを見まわしながら、そろそろと小屋に近づいていく。どうやら同じことを考えたようだ。

「おい」

立ち上がって声をかけた。とびあがるようにしてこっちを見た。おどろきの表情を浮《う》かべている顔の真ん中めがけて引き金を引いた。赤い点が額を撃《う》ちぬいたとたん、相手はガラスがわれるようにこなごなにくだけちった。

そこで目がさめた。

第二ステージ

二日後の夢で、またあの部屋にいった。四方の白壁《しらかべ》も移動式の黒板も机《つくえ》つきのいすの列も机の上のピストルも、そして、例の若《わか》い男もすべて二日前と同じだった。ただひとつ、ちがっているところがあった。

いすにすわっている者の数が、半分ぐらいに減っていた。

「やあ、諸君《しょくん》」

男がすわっている者たちに笑いかけた。上機嫌《じょうきげん》だった。

「諸君は、第一ステージをクリアして、ここにいる。悪知恵《わるぢえ》をはたらかせて敵《てき》をだしぬき、ずるがしこく立ちまわって不意打ちをくらわせ、卑怯《ひきょう》な手をつかって敵を倒《たお》した。諸君は勝者であり、勇者である」

男の口調は、しだいに演説調になった。

「しかし、諸君には第二ステージでの戦いが待っている。さらにきびしくえげつない手をつかわないと、勝つのはむずかしい。そして、勝ち残った者だけが第三ステージに招待される。では、行きたまえ！」

男がぱんと手をたたいた。

場面が変わった。

高層《こうそう》ビルが林のように立ち並《なら》ぶ都会の一角だった。ただし、目のとどくかぎり人も車も見えない。物音もしない。陽《ひ》の光がビルの窓《まど》に反射《はんしゃ》し、アスファルトを白っぽく照らしているばかり。

ピストルをかまえ、左右に目をくばりながら、ビルにそって歩いた。向かいのビルの屋上に人影《ひとかげ》が見えた。とっさに銃口《じゅうこう》を向け、ねらいをつけたが、すぐにやめた。遠すぎる。とどかないだろう。どれだけ込《こ》めてあるかわからないが、弾《たま》をむだにしたくなかった。向こうも同じ考えだったようで、すぐに屋上から見えなくなった。

ビルにそってさらに進んだ。広い交差点に出た。信号は全部赤だった。車も人も通っていないのだから、無意味だ。どこからねらわれているかわからないので、走って渡《わた》った。向こう側に着いたとき、左手のホテルの入り口からあたりの様子をうかがいながら人影《ひとかげ》が出てきた。銃口《じゅうこう》を向け引き金を引いた。はずれた。人影は身をひるがえして中にかけこんだ。

あとを追ってホテルにとびこんだ。ロビーにはだれもいない。奥《おく》のエレベーターホールに走りよった。真ん中の一台の昇降《しょうこう》表示が点滅《てんめつ》していた。五階で止まった。となりの箱に乗り、五階で降《お》りた。赤いカーペットをしいた廊下《ろうか》の両脇《りょうわき》に規則ただしく部屋がならんでいる。テレビで見たＦＢＩの捜査官《そうさかん》のように、両手でピストルを握《にぎ》り、腕《うで》をぐっと前につきだして、ドアのひとつひとつに銃口を向けながら進んだ。

五一五号室のドアがかすかに開いていた。壁《かべ》ぎわにからだをよせ、足でドアを蹴《け》った。その瞬間《しゅんかん》、中からパンパンパンとつづけざまに発射音《はっしゃおん》が鳴り、向かいの壁に十数個の赤い点がはりついた。こっちも負けずに部屋の中に撃《う》ちこんだ。

「降参《こうさん》よ！」

中から声がした。女の子のようだ。

「もう弾《たま》がないの。見逃《みのが》してくれない？」

「すがたを見せろよ。そしたら見逃してやる」

「いいわ。中にはいってよ」

上着をぬいで、入り口にかかげた。とたんにパンと中から銃声《じゅうせい》がして、手に持った上着がゆれた。

「そんなことだろうと思った」

上着をほうり投げると、すばやく中にすべりこみ、部屋の真ん中に呆然《ぼうぜん》とつったっている女の子めがけて引き金を引いた。女の子は、この前のときと同じようになにくだけちった。

第三ステージ

次に例の部屋に行ったのは、三日後のことだった。

人数は五人になっていた。男子が三人、女子が二人。

「ようこそ、勇者たち」

男は、満足そうにうなずいた。

「なかなかきびしい戦いだったようだね。しかし、それだけきみたちの能力がほかの者より高かったということじゃないかな。ところで、せっかくここまでクリアしたんだ、ここでおたがいに名のりあって、自分がどこのだれと戦うかはっきり認識《にんしき》しておいたらどうだろう。そのほうが戦闘意欲《せんとういよく》をかきたてられると思うんだが」

すわっていた者たちは、一瞬《いっしゅん》顔を見あわせたが、すぐにひとりの女の子が勢いよく立ち上がった。

「あたしはS町のサイトウ・キョウコ。みんな、あたしの名前と顔をよくおぼえておいて。最後の一人になるのは、あたしだからね！」

そういって、女の子は、挑戦的《ちょうせんてき》な眼差《まなざ》しでほかの者たちを見まわした。

その子につられて、みんな、次《つぎ》つぎと立って名前をいい、決意のことばをはなった。

「いいね、いいね」

男は興奮《こうふん》ぎみにつぶやきながら、みんなの名前を黒板に書いていった。書き終えると、みんなの方に向き直った。

「では、勇者たち、第三ステージで思う存分《ぞんぶん》戦いたまえ。健闘《けんとう》を祈《いの》る。次に会うのはだれかな？」

ぱんと手をたたく音とともに、場面が変わった。

砂漠《さばく》だった。見渡《みわた》すかぎり砂《すな》、砂、砂。波のようにうねりながらどこまでもつづいている。頭上には太陽がぎらぎら光り、敵意《てきい》をもっているかのように容赦《ようしゃ》なく照りつけてくる。

砂に足をとられながら、歩きだした。いくらも歩かないうちに汗《あせ》がふきだしてきた。ふいてもふいてもしつこくふきだしてきて、首すじから背中《せなか》に流れ落ちていく。気持ちが悪いので、上半身裸《はだか》になり。シャツでぬぐいながら歩きつづけた。

数えきれないほど砂丘《さきゅう》をのぼり降《お》りしたが、だれにも出会わなかった。ついには砂の上にへたりこみ、このまま夢が終わってしまうのかと思ったが、ようやく遠くに人影《ひとかげ》が見えた。待《ま》ち伏《ぶ》せしてその人影（最初に名のったサイトウ・キョウコという女の子だった）を撃《う》ちたおしたところで目がさめた。まるで実際に砂漠に行っていたみたいに全身がほてり、砂がはいっているように口の中がざらざらした。

ファイナルステージ

翌日《よくじつ》、例の部屋に行った。

部屋はがらんとしていた。机《つくえ》つきのいすは整然とならんでいたが、ほかにすわっている者はいなかった。黒板にはゆうべの夢のとおり五人の名前が書かれたままになっている。これまでとちがって、右手の壁《かべ》にドアがあった。

ドアがあいて、男がはいってきた。

「やあ、きみが最後の勇者だね」

男はにこやかに笑いかけてきた。

「名前は？」

名前をいうと、男は、黒板に書いてあったほかの者たちの名前を消していった。

「よし。これできみの名前は、死ぬまでぼくの脳《のう》にきざみこまれた。きみに特典を与《あた》えれば、ぼくの夢は完成する。その特典だが、ここへ来てくれればきみはそれを受けることができる」

ある町の名とビルの名前を男は告げた。

「三階のつきあたりの部屋だ。期限は今から三日以内。それを過ぎれば、きみは特典を失う。すべてはきみしだいだ。では、さようなら」

男は、ひらっとドアの方に手をふった。

わけのわからないまま歩みより、ドアを開けた。

そこで目がさめた。

なんだか気持ちが落ち着かなかった。

特典ってなんだろう?

夢の中で与えられた特典なんだから、現実になるはずはないと思ったが、それでも気になった。

二日後の午後、学校が終わってから思い切って夢で告げられた町へ行った。ビルは現実にあった。中にはいり、エレベーターで三階に上がった。廊下《ろうか》を歩き、つきあたりの部屋まできた。もし、とがめられたら、部屋をまちがえましたといえばいい。そう思いながら、ドアに手をのばした。ドアはすぐに開いた。

夢で見たとおりの部屋が目の前にあった。窓《まど》のない白い壁《かべ》。整然とならんだ机《つくえ》つきのいす。移動式の黒板。ぽつりとひとつの名前が書かれてある。

「ほう、意外に早かったな」

机の列のあいだから人影《ひとかげ》が立ち上がった。夢の中の男だった。

「ぎりぎりまで悩《なや》むんじゃないかと思ってたんだがね」

「あのう、特典って……?」

「おれは、きみたちゲーマーをおれの夢に招待した。そして、最後のひとりになるまでおたがいを戦わせた。最後のひとりが〈選ばれた者〉、すなわちおれの標的になれる。それが特典さ」

男は、ゆっくりと右の腕《うで》を上げた。腕《うで》の先には黒光りするピストルが握《にぎ》られていた。

銃口《じゅうこう》は胸《むね》をねらっている。

「これはゲームではない」

と、男はいった。

エッグタルトに手を出すな

学校から帰ると、いつものようにキッチンのテーブルにおやつがおいてあった。エッグタルトにチョコレートクッキー三枚《まい》。お母さんは出版社に勤《つと》めているので、帰る時間が不規則だ。遅《おそ》くなりそうな時には、おやつは重量級だが、定時に帰れる見込《みこ》みの時には軽めのものになる。今日はその中間ぐらいか。

一枚目のクッキーをかじった時、電話が鳴った。受話器をとると、男の声がした。マスクでもしているのか、低くくぐもっている。

――サカタ・ユウシだな。

「そうだけど」

――ルークをあずかった。

「なんだって？」

――ルークをあずかったっていってるだろ。誘拐《ゆうかい》だよ、誘拐。

男は声を荒《あら》げた。

――うそだと思うなら庭を見てみな。

受話器をおいて、庭に面したガラス戸を開けた。

「ルーク！　ルーク！」

大声で呼《よ》んだが、返事はなく、姿《すがた》も見えない。電話台にもどって、ふたたび受話器をとった。

「お前はだれだ。ほんとうにルークを誘拐したのか」

返事のかわりに、キャンキャンという苦しげなルークの鳴き声が受話器にひびいた。痛《いた》めつけられているルークの様子が目に浮《う》かび、胸《むね》が痛んだ。

「どうだ。もっとやってもいいぞ」

「やめろ。わかった。どうすればいいんだ」

――あわてるな。物事には順序というものがある。

男は、今度はじらすようにいった。

――今日のおやつはなんだ？

「なんだって？」

――いちいち聞きかえすな。

男はまた声を荒げた。

――おれのいうことに答えればいいんだ。もう一度聞く。今日のおやつはなんだ？

「エッグタルト」

チョコレートクッキーのことは、いわなかった。

――よし。ルークを助けたければ、そいつをよこせ。交換《こうかん》だ。いっとくが、警察《けいさつ》にとどけたら、ルークの命はないぞ。わかったか。

「わかった」

――よし。では、駅前の公衆《こうしゅう》電話ボックスに行け。連絡《れんらく》を待つんだ。ボックスの電話が鳴ってから十秒以内に受話器を取らなければ、ゲームオーバー。ルークとは永遠にお別れだ。じゃあな。

くっくっくっというしのびわらいとともに、電話は切れた。

どうしたらいいだろう。会社にいるお父さんやお母さんに相談してもむだだ。ふたりとも、警察にとどけるようにいうにちがいない。友だちにわけを話して、いっしょに行ってくれるようにたのもうか。ゲーム友だちはけっこういるけど、これはゲームではない。あいつらがほんとうに力になってくれるか、疑問《ぎもん》だ。

クッキーを三枚食《まい》べ終えるまでに決断した。ひとりでやるしかない。部屋に行ってつくえの引き出しからピストルを取りだし、腰《こし》のベルトにさした。その上からシャツをはおった。ピストルはシャツのすそに隠《かく》れた。

エッグタルトをラップで包み、コンビニのビニール袋《ぶくろ》に入れた。そのままさげていってもいいが、両手をあけておきたいので、ビニール袋をバックパックに入れて背負《せお》った。

駅まではふつうに歩けば十分ぐらいかかるが、気がせいていたので、ほとんどかけ足になり、せいぜい七、八分でついた。

駅前広場の一角に、公衆《こうしゅう》電話ボックスが見捨《みす》てられたようにぽつりとたっている。昔は利用する人が多かったけど、今はほとんどの人がケータイやスマホを持っているので、利用されることはめったにない。

電話ボックスまであと五歩というところで、電話が鳴るのが聞こえた。ボックスの前を通りかかったおばあさんが、不審《ふしん》げに足を止め、ボックスのドアに手をかけた。

「どいて！」

三歩でおばあさんにかけよると、つきとばすようにしてドアを開けて中にはいり、受話器を取った。

――九秒。どうやら間に合ったな。

男のあざわらうような声が耳にとどいた。

「どうすればいいか、早くいえ！」

受話器に向かって思わずどなってしまった。

――ふふふ。あせるな、あせるな。

ふくみわらいが受話器をとおして聞こえてきた。胸《むね》のなかで舌打《したう》ちした。あせっているところを見ぬかれては、相手の思うつぼだ。ルークを助けるためには、あくまでも冷静に、落ち着いて行動しなければならない。

「どなってわるかった」

とりあえずあやまっておいた。

「ルークのことが心配だったんだ」

――いやにすなおじゃないか。

男は皮肉っぽくいった。

――心配するな。おれのいうとおりにすれば、ルークはもどる。いいな。

「ああ。いうとおりにする」

――よし、よし、いい子だ。では、次の指示をいうぞ。駅前通りをどこまでもまっすぐ行くんだ。

「それだけ？」

――行けばわかる。

ぶっきらぼうな声とともに、電話は切れた。

電話ボックスを出ると、さっきつきとばしそうになったおばあさんが、こっちをにらんでいた。

「ごめんなさい」

口の中でいって、ちょっと頭をさげると、駅前通りを歩きだした。

この通りは、昔は銀座《ぎんざ》通りなどと呼《よ》ばれて、両側にさまざまな商店が立ち並《なら》び、にぎわっていたが、駅前に大きなスーパーがふたつもできてからは、さびれる一方で、シャッターをおろした店が目立つようになった。

五〇〇メートルぐらいまっすぐに行くと、T字路につきあたった。

「どういうことだよ」

これじゃあ、右へ行っていいか左へ行っていいか、わからない。

「待てよ。行けばわかるっていってたな」

男のことばを思いだして、あたりを見まわしてみた。正面に呉服屋《ごふくや》があった。店じまいをしたのか、シャッターがおりていたが、ガラスのウィンドウになにかおいてあった。近づいてみると、招《ま》き猫《ねこ》だった。

「ん？」

おかしな招き猫だった。ふつう招き猫は、右か左の前足を耳のあたりに上げて、なにかを招くようなかっこうをしているのだが、この招き猫は、向かって左の前足を横にまっすぐ伸《の》ばしているのだ。

「そういうことか」

これが男の指示なのだろう。招き猫の示すとおりに、左にまがった。いずれ次の指示があるだろうと思って、そのまま歩きつづけた。

注意深くあたりを見まわしながら、次の交差点まで来た。誘拐犯《ゆうかいはん》の指示らしいものは見当たらなかった。まだまっすぐ行けということだろうと思って、その次の交差点まで歩いた。それでも指示らしいものは見当たらない。

「どうなってるんだ？」

首をかしげたが、とにかく行くしかないと思って、さらに歩きつづけようとした時、

「ユウシくん」

後ろから名前を呼ばれた。ふり返ると、野良猫《のらねこ》のフータがかけよってきた。

「どこへ行くんだい？」

こいつはあんまり好きじゃない。猫好《ねこず》きのとなりの家のおばさんから食べるものをもらうためにやってきては、うちの庭にウンチやオシッコをしていく。

「じつは、ルークが誘拐《ゆうかい》されたんだ」

「えっ、ほんとかい」

「ああ。それで、誘拐犯が、ルークをもどしてほしければ今日のおやつをよこせというから、これからおやつを持って、ルークを助けに行くところなのさ」

「そうだったのか。よし。それならぼくも協力するよ。こういう時は助けあわなくっちゃね」

こいつ、本気なんだろうか。それとも、なにかたくらんでいるのか。

「ありがとう。きみが力をかしてくれれば、助かるよ」

とりあえず、そういっておいた。

「そういってくれれば、ぼくもうれしい」

フータはにっこり笑った。

「それで、ルークのいどころはわかってるのかい？」

「誘拐した男の指示でここまで来たところなんだけど、この先どういう指示があるかわからないんで、もう少しこのまま行ってみようかと思ってるとこなんだ」

「誘拐犯の指示なんかを待ってる必要はないよ。こっちから先手を打ったほうがいい。ルークのいどころをつきとめ、誘拐犯のうらをかいて助けだしてしまえば、おやつを渡《わた》さないですむじゃないか」

フータは、目を光らせていきごんだ。

「まあ、それはそうだけど」

「とにかく、なにか手掛《てが》かりを見つけて、ルークのいどころをつきとめるんだ」

フータは、ぐるりとまわりを見まわすと、

「そうだ。まず、あの店で聞《き》き込《こ》みをしてみよう。ひょっとしたら、なにか手掛かりが見つかるかもしれない。ちょっとここで待ってて」

そういって、右手の角のパン屋にとことことはいっていった。

フータと入《い》れ違《ちが》いに、パン屋の裏口《うらぐち》から男の人が出てきた。コックのような白い上下の服を着て、頭に食パンのような帽子《ぼうし》をかぶっている。パン屋のおやじさんだろう。上着のポケットからたばこを取りだすと、ライターで火をつけ、うまそうにけむりをはいた。

たばこをすいおえると、パン屋のおやじさんは、出てきた裏口から店にもどった。

ほとんど同時に、店からフータが勢いよくとびだしてきた。

「見つかった、見つかった、手掛《てが》かりが見つかった！　すごい手掛かりだ！　すごい、すごい！」

フータは、昂奮《こうふん》したようにまくしたてた。

「おちつけよ。どんな手掛かりなんだ」

「一時間ばかり前、ルークらしい白い犬が、助けてくださいっていって、いきなり店にとびこんできたって、パン屋のおやじさんがいうんだ」

「なんだって⁉」

「ねっ、すごい手掛かりだろ」

「それからどうしたんだ」

「おやじさんがとまどっていると、店の前に黒い車が止まって、三人の男がおりてきたんだって。男たちは、ずかずかと店にふみこんできて、ルークをつかまえてひきずりだそうとしたんで、おやじさんは、警察《けいさつ》を呼《よ》ぶよっていったそうだ。すると男たちは、これはテレビのロケですっていって、ルークを車におしこんで、いってしまった。おやじさんが、ねんのために車のナンバーをひかえておいたっていうんで、もらってきた。ほら、これだよ」

フータは、数字が書いてある紙切れをひらひらさせた。

「そうか。それなら、その黒い車がどこへ行ったか探《さぐ》ればいいんだ」

「そうだよ。それは、ぼくにまかせて。野良《のら》仲間を総動員して、黒い車の行く先を探りだす。みんなあっちこっちうろついてるから、だれかが黒い車を見かけているにちがいないからね」

そのことばどおり、フータは、あちこち走りまわっては、野良猫《のらねこ》たちにかたっぱしから声をかけ、黒い車の行方《ゆくえ》を探った。警戒心《けいかいしん》の強い野良猫たちは、あたりの様子に常に気を配っているために、黒い車を見かけている者がけっこういた。フータは、そうした者たちから情報を仕入れては、右にまがったり、左にまがったり、横道にはいったりして先導した。

そうやってたどりついたのが、とりこわしの看板《かんばん》が立っている五階建てのビルの前だった。

「どうやら、ルークはこのビルにつれこまれたらしいね」

フータがふり返っていった。

「だけど、黒い車がないぜ」

「きっと裏《うら》の方に止めてあるんだよ。裏にまわって、たしかめてくる」

「ちょっと待ちなよ」

歩きだそうとするフータの首根っこをつかまえて、宙《ちゅう》づりにした。

「な、なにするんだ！」

フータは、手足をばたばたさせてもがいた。

「お芝居《しばい》はいいかげんにやめなってことさ」

「なんのことだよ、お芝居って」

「さっきお前がパン屋にはいって行った時、入《い》れ違《ちが》いにパン屋のおやじさんが裏口《うらぐち》から出てきた」

「……………」

「そして、お前が店からとびだしてくるのとほとんど同時に、おやじさんは店にもどった。つまり、お前が店にいたあいだ、おやじさんは外にいたんだ。店にいなかったおやじさんから、どうして話が聞けたんだ。よかったら教えてくれないか」

「……………」

「まあ、教えてもらわなくてもわかってる。お前は誘拐犯《ゆうかいはん》の仲間で、パン屋のおやじさんの話や野良仲間の情報は、ぼくをここまでつれてくるためにお前がでっちあげたのさ。ようするに、お前が誘拐犯の〝指示役〟だったってことさ」

フータをぐるぐるぐるふりまわしてから、ぽいと投げた。フータは、ひらっと宙《ちゅう》で一回転してから、すとんと地面に降《お》り立った。

「くそっ」

フータは歯をむきだした。

「さっさと道案内すればいいのに、なんでこんな手のこんだまねをしたんだ」

「おれがボスの仲間だってことをお前に知られたくなかったのさ。知られなければ、おれをとおしてお前をいろいろ利用できると、ボスは考えたんだ。しかし、知られちまったらしかたがない。さっさとおやつをボスのところへ持って行って、ルークと交《こう》換《かん》するんだな。もっとも、生きたルークと会えるかどうかは保証しないけどな」

一瞬《いっしゅん》どきっとしたが、フータのくやしまぎれのおどしだとすぐにさとった。エッグタルトを手に入れるまでは、誘拐犯がルークを殺すはずがない。

「お前こそよけいなことをいってないで、とっとと行ってしまいな」

腰《こし》のベルトからピストルをぬきだして、フータにねらいをさだめた。

「ついでに覚えておけよ。二度とうちの庭にウンチやオシッコをするんじゃないぞ。見つけたら容赦《ようしゃ》なく撃《う》ち殺すからな」

フータは、あわをくったように身をひるがえし、一〇〇メートル走者のようなスピードで走り去った。

ピストルをもとの位置にもどし、ビルの入り口に向かった。こわれかけているドアから中にはいった。そこはロビーのようなところで、うすぐらくて、ほこりっぽかった。左右に幅《はば》の広い廊下《ろうか》がのびていて、両側にいくつも部屋がならんでいたが、ほとんどドアや仕切りの壁《かべ》がこわされていた。

ひとつだけ、右手のいちばん奥《おく》の部屋は、ドアもちゃんとしていて、壁もこわされていなかった。ドアが細めに開いていたので、少し押《お》し開《ひら》いて体をすべりこませた。窓《まど》にさがっているこわれかけたブラインドのすきまからはいってくる日の光で、がらんとしただだっぴろい部屋の中はうす明るく、床《ゆか》につもったほこりが白っぽく光っていた。部屋の三分の一が茶色に変色した白いカーテンで仕切られている。そのカーテンの前におかれた椅子《いす》に、ルークが縛《しば》りつけられていた。頭をたれ、ぐったりとしている。

「ルーク！」

かけよろうとしたとたん、

「動くな！」

鋭《するど》い声が天井から降《ふ》ってきた。見上げると、天井に丸いスピーカーのようなものがとりつけてある。また、部屋の隅《すみ》には監視《かんし》カメラがあった。おそらく、カーテンの背《はい》後《ご》でモニターを見ているのだろう。

「約束のものは持ってきたか」

「持ってきた」

「見せろ」

バックパックをおろし、コンビニのビニール袋《ぶくろ》を取りだした。ラップに包んだエッグタルトを袋から出すと、監視カメラに向かってかざした。

「これでいいか」

「よし」

満足そうな声がスピーカーからもれた。

「袋にもどせ」

いわれたとおりにした。

「よし。そこからカーテンのところまで袋をすべらせろ」

「待てよ。その前にルークの様子を見させろ。まさか、死んでるんじゃないだろうな」

「心配するな。あんまりギャンギャン鳴きわめくもんだから、薬でちょっと眠《ねむ》らせてあるだけだ。もういいかげん目を覚ましてもいいころだ。おい、起きろ！」

ルークの背後《はいご》のカーテンがゆれた。ルークの背中《せなか》をたたいたようだ。

「お迎《むか》えが来たぞ」

ルークが頭を上げた。ぼんやりと左右を見まわしていたが、こっちに気がつくと、ぱっと顔をかがやかせた。

「ユウシくん！」

縛《しば》られているのを忘《わす》れて、椅子《いす》ごと立ち上がろうとしたが、床《ゆか》に固定されているらしく、一ミリも動かなかった。

「待ってな。いま助けてやるから」

エッグタルトを入れたビニール袋《ぶくろ》をカーテンに向かってすべらせた。袋はほこりを舞《ま》い上がらせながら床《ゆか》をすべっていき、カーテンの三〇センチぐらい手前で止まった。

すると、床とカーテンのすきまから、黒くて細長い縄のようなものがするするっとのびてきて、床を掃《は》くようにして袋を巻《ま》きこむと、さっとカーテンの内側に引き入れた。

腰《こし》のピストルに手をやりながら、部屋を横切ってカーテンにかけより、思い切り引き開けた。壁《かべ》ぎわの机《つくえ》の上に監視《かんし》カメラのモニターとハンドマイクがのっているだけで、だれもいなかった。足もとになにか吹《ふ》きよせられてきた。エッグタルトを入れた袋だった。窓《まど》のガラスがわれていた。そこから風が吹《ふ》きこんできたのだ。

窓ぎわに歩みよった。サッシにエッグタルトのかけらがくっついていた。

「ここから逃《に》げたんだな」

外をのぞいてみたが、雑草のしげった空き地には人影《ひとかげ》はなかった。

ルークのところにもどり、縛られていたロープをほどいてやった。

「ありがとう、ユウシくん」

ルークはほっとしたように頭をさげた。

「ぼくのために、せっかくのエッグタルトを食べられなくなって、ごめんね」

なにかが頭の隅《すみ》に引っかかった。けれど、それがなんなのかは、わからなかった。

「いいんだよ、そんなこと気にしなくたって」

そういいながら、カーテンの下からのびてきた黒くて細長い縄のようなものを思い浮《う》かべた。

「それに、まだ勝負はついていないんだ」

ルークといっしょに家にもどると、となりの家の門の前にノワールがすわっていた。

となりの家の猫《ねこ》だ。

「ルークにユウシくん。さんぽの帰りかい」

ノワールはあいそよく声をかけてきた。

「やあ、ノワール」

腰《こし》のベルトに手をやりながら、足を止めた。

「お前、ずいぶんもどるのが早かったな」

「なにをいってるんだい。ぼくはずっとここにいて、どこにも行ってないぜ」

「とぼけるなよ。お前のしっぽはほこりだらけじゃないか。そのほこりはどこでついたんだい？」

「えっ」

ノワールは、あわてたようにしっぽをぱたぱたさせた。ほこりがぱっと舞《ま》い上がった。

「お前は、黒くて細長い縄のようなそのしっぽで、おやつのはいったビニール袋《ぶくろ》といっしょに、ほこりがつもった床《ゆか》を掃《は》いた。あの時ほこりがたっぷりついてしまったのさ」

腰のピストルをぬいて、かまえた。

「誘拐犯《ゆうかいはん》は、フータのボスのお前だ！」

「ふふん、よくわかったな。しかし、半分だけだ」

ノワールは、あざわらうようにいうと、すばやく身をひるがえして門の脇《わき》のハナミズキにかけのぼった。ほとんど同時に引き金を引いた。けれど、何分の一秒かの遅《おく》れで、ねらいがはずれてしまった。ハナミズキの枝がふっとんだだけで、ノワールの姿《すがた》はなかった。

「まさか、ノワールがぼくを誘拐した犯人だったなんて……」

ルークが、信じられないといった様子で、頭をふった。

「でも、半分なんて、変なことといったな」

「半分しかわかっていないってことだろ。つまり、自分は誘拐を実行しただけで、ほんとうの犯人は別にいるっていいたかったんじゃないかと思う」

「ほんとうの犯人？」

「ああ。エッグタルトをねらっていたのは、そいつだと……！」

あっと思った。

「そうか。そういうことだったのか」

頭の隅《すみ》に引っかかっていたことが、すっとほどけた。エッグタルトがカギだったのだ。

「それって、だれだかわかってるの？」

「うん。たったいま、わかった」

「だれなんだい」

「お前だよ」

「じょうだんいわないでよ」

ルークが大きな口をあいて、笑った。

「なんでぼくがほんとうのボスなのさ」

「今日のおやつがエッグタルトだって知ってたのは、ぼくと誘拐《ゆうかい》を実行したノワールだけだった。それなのにお前は、ぼくに助けられたとき、自分のためにエッグタルトが食べられなくなってごめんと、ぼくにあやまった。今日のおやつがエッグタルトだってことを、お前がなんで知ってたんだ？」

「…………」

「お前に、エッグタルトのことを話したのは、ノワールしか考えられない。ということは、お前とノワールはグルだってことさ。誘拐はお芝居《しばい》だったんだ。お前は、まえからぼくのおやつをねらっていたにちがいない。いつも、ぼくが半分わけてやっているのに、もっと欲《ほ》しそうな顔をしてたからな」

「…………」

「お前は、ぼくのおやつを全部手に入れるにはどうしたらいいか考えた。そして、ノワールに協力させ、自分が誘拐されたようにみせかけておやつを手に入れることを考えついたんだ」

「…………」

「お前の計画はうまくいった。実際、ぼくはすっかりだまされて、おやつを持ってのこのことお前を助けに行ったからね。しっぽについたほこりで、ノワールが誘拐犯だと見破ったけど、あいつが半分だなんていわなければ、ほんとうの犯人なんて考えもしなかった。まったくよけいなことをいったもんだね。

さてと、お前をどうしたらいいかな。これまで仲よくしてきたから、撃《う》ちたくない。でも、こんなことがあったあとじゃあ、もうお前とは仲よくできない。五つ数えるあいだにぼくの前から消えてくれ」

ゆっくりと、ルークの頭にピストルの銃口《じゅうこう》をつきつけた。

「ひとーつ……ふたーつ……」

三つ数える必要はなかった。

エッグタルトは、犬小屋の前においてあった。包んであったラップが破れて、一センチくらい欠けていた。ラップをはがして、口にはこんだ。ルークのやつ、欲《よく》ばらなければ半分食べられたのにと思いながら、ゆっくりと味わった。

Ⅳ　最後の王様

最後の王様

王様の朝

王様は、朝目を覚ました時から機嫌《きげん》がわるかった。口をへの字にまげ、眉間《みけん》にしわをよせて、じっと天井をにらんでいる。

「お目覚めでございますか」

ベッドを取り巻《ま》いていた世話係のひとりが声をかけると、いきなりまくらを投げつけた。べつのひとりがパジャマをぬがせようとすると、その手にかみついた。

ただちに〈ドクター〉と呼《よ》ばれている王様付きの医師が呼ばれた。王様は、脈を取ろうとするドクターの手を乱暴《らんぼう》にはらいのけ、体温計をペシッとふたつにへしおってしまった。ドクターもお付きの者たちも、さっと顔色を変えた。

——王様はおかげんがわるい！

知らせを受けて、大臣がとんできた。

「ゆうべ、夢見薬はお飲ませしたか？」

大臣はドクターをかえりみた。

「まちがいなく」

ドクターはうなずいた。王様がわるい夢を見てうなされたり、翌朝不機嫌《よくあさふきげん》にならないようにと、毎晩《まいばん》、楽しい夢が見られる薬があたえられていた。

「薬が効かなかったのかもしれないな」

大臣は青ざめて、眉間にしわをよせている王様を見つめた。

その時、広報係の役人がかけこんできた。

「朝のテレビ放送の時間です。いかがいたしましょう」

「ご機嫌のよい時のビデオを流せ」

大臣は命じた。不機嫌な様子の王様をテレビに映《うつ》しだささせるわけにはいかない。そんなことをしたら、王様はどうなさったのだという問い合わせが世界中から殺到《さっとう》して、パニックに陥《おちい》るだろう。王様はつねに元気で、にこやかな笑顔《えがお》を人びとに見せなければならない。そうでないと、人びとから最後の希望を奪《うば》ってしまうことになる。

大臣はじめ一同は、あいかわらずむっつりおしだまっている王様をなだめすかして、服を着せ、顔を洗《あら》ってやり、なんとか食堂までつれてきて、テーブルにつかせた。さっそく、栄養と味を十分に吟味《ぎんみ》した朝食が運ばれてきたが、王様はひとくちも食べない。

「どうなさいました。なにかご不満でもおありですか」

おそるおそる大臣がたずねると、王様は、

「友だちがほしい」

といった。

「さようでございましたか。早くおっしゃってくだされればよろしかったのに」

大臣はほっとした。すぐさま王様と同じ年ごろの男の子と女の子を呼《よ》びよせた。

「さあ、王様、お友だちでございます」

ところが王様は、

「お前たちなんか、友だちじゃない！」

と叫《さけ》ぶなり、目の前の皿をにこにこ笑っている男の子めがけて投げつけた。皿は勢いよく男の子に当たり、男の子の頭がぽろっと落ちた。男の子はすぐに頭をひろって体につけ、にこにこ笑いをつづけた。人型ロボット——アンドロイドだったのだ。

「ぼくがほしいのは、人間の友だちだ！」

これを聞いて、一同はおろおろと顔を見あわせた。王様と呼ばれているこの八歳《さい》の少年はどんなわがままも許されていたし、願えばどんな望みもかなえられたが、たったひとつ、自分と同じ年ごろの、生きた、人間の友だちを持つことはできなかった。

半世紀ほど前から、やっかいな子育ての苦労をきらって、おとなたちが子どもをほしがらなくなった。そのため、世界中で新しく生まれる子どもの数がどんどん減っていった。

おとなたちは、自由な生活が楽しめると喜んでいたが、そのうちに重大なことに気がついた。長いあいだ子どもをつくらなかったために、生殖《せいしょく》能力が衰《おとろ》え、ついにはなくなってしまったのだ。

そのことがはっきりしたとき、地球上に残っていた子どもは、この少年ただひとりだった。

いまさらのように自分たちの身勝手さをさとったおとなたちは、この少年を全世界の王様にして、たいせつに守り育て、ひたすらその無事をいのった。少年は、世界中のおとなたちの、いや、人類に残された最後の希望だったのだ。

「王様、残念ながら、そのお望みはかなえてさしあげることはできません」

大臣は、力なく首をふった。

「あーん、あーん、ほんとの友だちがほしいよう……」

王様はしずかに泣きだした。

王様と図書係

王様は本がきらいだった。王様のためにりっぱな図書室がもうけられ、よりすぐった本がそろえられていたが、王様はほとんど図書室には足を向けなかった。

「王様、どうか本をたくさん読んでください。本を読まなければ、りっぱな王様にはなれませんぞ」

大臣は、口をすっぱくして説いた。大臣のいう〈りっぱな〉は、知的雰囲気《ふんいき》をただよわせることを意味していた。それは、大臣だけではなく、世の人びとも望んでいることだった。だれしも、世界でただひとりの子どもが、愚《おろ》かで鈍感《どんかん》で粗暴《そぼう》な子であってほしくはないと願っていた。世界でただひとりの子どもは、知的で、聡明《そうめい》で、鋭《するど》い感性を持ち、凜々《りり》しくさわやかであらねばならなかった。

知的雰囲気を身につけるには、読書がいちばん手っ取り早いと考えた大臣は、教育界をはじめ各界の権威者《けんいしゃ》を集め、陣頭指揮《じんとうしき》をとって王様に読ませるべき本の選定にとりかかった。

子どもがいなくなってから、児童図書はまったく出版されなくなり、書店にもならばなくなった。けれど、図書館にはまだ資料として残っていたので、大臣たちはその中から王様に読ませるべき本を選んで図書室にそろえた。

「われわれが選んだ本を読めば、かならずや知的で聡明な王様になるだろう」

大臣たちは自信満々だったが、王様は大臣たちが選んだ本に見向きもしなかった。

「王様の本ぎらいにも困《こま》ったものだ。なんとかして直さなければ――」

大臣は、考えたすえに、王様の本ぎらいを直すことができたら、特別ボーナスが出るという特典をつけて、王様のための図書係を募集《ぼしゅう》することにした。

特典につられたのか、たくさんの人が応募《おうぼ》してきた。審査《しんさ》の結果選ばれたのは、二十代後半の若《わか》い女性だった。

「王様、新しい図書係です。かならず王様を本好きにさせてくれるそうです」

大臣は、そういって、図書係を王様に紹介《しょうかい》した。

「ぼくは本がきらいなんだ。だれが図書係になったって、本なんか読むもんか」

王様はそっぽを向いた。

「王様、それはいけません。本を読まなければ……」

眉《まゆ》をつりあげていつものように説教しようとする大臣をおさえて、図書係は、

「いいえ。王様はきっと本が好きで好きでたまらなくなります」

といって、口もとに謎《なぞ》のような笑《え》みを浮《う》かべた。

けれど、図書係は、王様に本をすすめることもせずに、図書室にこもったきりだった。

「ぼくを本好きにさせるなんていったくせに、どういうつもりなんだろう」

王様はなんだか気になってきた。

「あの図書係にも困《こま》ったもんだ」

大臣も気にしはじめた。

「いくら王様に本をすすめるようにいっても、一向に取り合わず、そのうちに王様がご自分で図書室においでになりますの一点張りなんだからな」

大臣のそんな愚痴《ぐち》が、王様の耳にはいってきた。

「なんで、そんなに自信があるんだろう」

ますます気になってきた王様は、ある朝、思い切って図書室に行ってみることにした。

「本を読みにきたんじゃないからね」

図書室にはいるなり、王様はいった。

「わかっております」

図書係は、にっこり笑ってうなずくと、

「でも、せっかくいらしたのですから、書棚《しょだな》だけでも見ていってください」

そういって、書棚の方にひらっと手をふった。

王様は、気がなさそうに、三方の壁《かべ》にそなえつけられた書棚に目をやったが、その目はすぐに生き生きと輝《かがや》きだした。書棚にはいっている本が、がらっと変わっていたのだ。

以前は、百科事典や図鑑《ずかん》、学習読み物や知識絵本などがつまっていたのだが、今は、童話や冒険《ぼうけん》物語、ファンタジー、カラフルな動物絵本や乗り物絵本などがぎっしりとならべられていた。

「どれでもお好きな本をどうぞ」

書棚《しょだな》にかけよった王様の肩《かた》にやさしく手をかけて、図書係はほほえんだ。

その日から王様は本好きになった。というより、もともと王様は本がきらいではなかったのだ。大臣たちが王様の興味を考えずに、知識ばかりを詰《つ》めこもうとして本を選んだために、本ぎらいになってしまったのだった。

王様は、図書室にいりびたりになった。図書係は、いっさい王様に本をすすめなかった。図書室にはいるなり王様が書棚に飛んでいき、好き勝手に本を選ぶのを笑顔《えがお》でながめているだけだった。王様は、選んだ本を図書室で読んだり、部屋に持って帰って夜のふけるまで読んだりした。

その結果、半年とたたないうちに王様の読書力は飛躍《ひやく》的に向上し、かなり年齢《ねんれい》が上の子向けの本も読みこなせるようになった。

すると、ある日のことだ。王様が書棚の前で本を選んでいると、だれかの手がそっと肩《かた》にかかった。ふり向くと、図書係がすぐ後ろに立っていた。

「王様、どうかこの本をお読みください」

図書係は腰《こし》をかがめて、一冊《さつ》の本をさしだした。図書係が本をすすめるのは初めてのことだったので、王様はおどろいて図書係を見上げた。

「面白《おもしろ》い本なので、ぜひ読んでいただきたいのです」

図書係は、なぜか緊張《きんちょう》した面持《おもも》ちでいった。王様は手にした本を見た。それは、『恐竜《きょうりゅう》の耳かすをさがせ！』という冒険《ぼうけん》物語だった。

「ありがとう。読むよ」

王様がうなずくと、図書係はほっとしたように緊張をといて、いつもの笑顔になった。

王様は部屋にもどって、本を読もうとカバーをはずした。本を読む時はいつもそうしているのだ。

「あれ？」

王様は首をかしげた。カバーの下からあらわれた表紙には、別のタイトルが記されていた。

世界でたったひとりの子

表紙のタイトルは、そうなっていた。

「どういうことだろう」

図書係が、わざわざ面白そうなタイトルのカバーをかぶせたのは、タイトルで興味をひいてこの本を読ませようとしたからだろう。でも、この本のタイトルもなにやら意味深《いみしん》だ。

「『世界でたったひとりの子』だって。ぼくのことでも書いてあるんだろうか？」

〈世界でただひとりの子ども〉である王様は、ページを開いて読みはじめた。読みすすむにつれ、王様はしだいにその本にひきこまれていった。

それは、SF的な内容の物語だった。そう遠くない未来。画期的な老化防止薬が発明されて、みんな年をとらなくなった。けれど、そのかわりに生殖《せいしょく》能力が衰《おとろ》えて、子どもができなくなってしまった。世界中から子どもがどんどん減っていった。一方、成長を止める手術をほどこされて、子どもの姿《すがた》のままで生きる人たちもふえてきた。しかし、それは外形だけで、意識は成長するために、四十八歳《さい》の子どもや百二十五歳の子どもが出現するのだった。

物語では、そうしたいびつな世界で、ひとりの少年が、成長を止める手術をされないように必死で生きのびていこうとする姿が描《えが》かれていく。

王様は、時間もわすれてその本を読みふけった。主人公の少年の運命が、自分と重なっているように思えてしかたがなかった。

王様は、三日目の夜遅《おそ》く、その本を読み終えた。深い感動を覚えた。また、いくつかの疑問《ぎもん》もいだいた。王様はそれらのことについて、図書係と話し合いたいと思った。けれど、身体《からだ》の弱い王様は、翌朝《よくあさ》から熱を出し、それから四日間寝《ね》こんでしまった。

五日目の朝には、熱がひいたので、王様はさっそく図書室に行った。図書係はいなかった。かわりに、大臣が大きな机《つくえ》にすわって本をひろげていた。そして、書棚《しょだな》の本は以前のものにすっかり入《い》れ替《か》えられていて、図書係がそろえた本は一冊《さつ》もなかった。

「図書係はどこへいったんだ！」

王様は、どなった。

「ちょっと都合がありまして、あの者にはやめてもらいました」

大臣は、本を閉《と》じてしずかに答えた。

「新しい図書係が決まるまで、わたしが図書係をつとめます」

王様は、いつもの手を使おうかと思った。かんしゃくを起こしてひっくり返り、手足をばたばたさせて、自分の要求をわめきちらすのだ。そうすると、まわりの者たちはおろおろして、王様のいうとおりになる。その手を使えば、図書係を呼《よ》びもどすことができるかもしれない。

「あ、そうでした」

王様がかんしゃくを起こそうとした瞬間《しゅんかん》、大臣がつけくわえた。

「図書係は、王様にこの本をお渡《わた》ししてくれといっていました。王様のお気に入りの本だそうで」

虚《きょ》をつかれた王様は、かんしゃくを起こすかわりに、その本を受け取ってしまった。

それは、例の『恐竜《きょうりゅう》の耳かすをさがせ！』という本だった。カバーを取ると、表紙のタイトルもカバーと同じだった。

おそらく、王様が熱を出して寝ているあいだに、世話係が『世界でたったひとりの子』を大臣のところに持っていったのだろう。

——あの本は、ぼくに読ませてはいけない本だったのかもしれない。

王様は、あの本を自分に渡《わた》した時の図書係の緊張《きんちょう》ぶりを思いだした。

——それで大臣は、あの本をぼくに読ませた図書係をやめさせたんだ……。

「その本なら、どうぞ、ごゆっくりお読みくださってけっこうです」

大臣は、笑《え》みを浮《う》かべ、ていねいに頭をさげた。

王様と手術

ある朝目覚めた時、王様はなんだか身体《からだ》がだるく、気分が悪かった。食欲《しょくよく》もなく、運ばれてきた朝食を半分以上も残した。しばらくすると、吐《は》き気《け》をもよおし、食べたものを吐《は》いた。すぐにドクターが呼《よ》ばれた。

「少し熱がありますな」

ドクターは体温計を見ながらいった。

「風邪《かぜ》かもしれません。安静にしてしばらく様子を見ましょう」

王様は、ドクターが処方《しょほう》してくれた薬を飲んで、ベッドに横になった。薬の影響《えいきょう》か、うつらうつらしながら過ごしているうちに、今度はみぞおちのあたりが痛《いた》くなり、しばらくすると右の下腹部《かふくぶ》に痛みが走った。

「痛い、痛い、痛いよう！」

王様は、叫《さけ》び声をあげた。あおむけに寝《ね》ているのがつらくて、背中《せなか》をまるめ、お腹《なか》をおさえて横向きになった。

「痛いよう、痛いよう！」

王様は、間断なく叫び声をあげた。ドクターがとんできた。

「痛いのはどこですか」

「ここ、ここ」

王様は、右の下腹部《かふくぶ》を指さした。

「ここですね」

ドクターはその部分を軽く押《お》した。そのとたん、王様は、あらんかぎりの大声でわめいた。

「痛《いた》い！　さわるな！」

ドクターはさっと顔色を変えると、お付きの者に大臣を呼《よ》ばせた。

すぐさまかけつけてきた大臣を部屋の隅《すみ》につれていって、ドクターは何事かささやいた。

「たしかなのか」

大臣は、念をおすようにいった。

「症状《しょうじょう》から見て、そう思われます」

「わかった」

大臣は、うなずくと、足早に王様のベッドに歩みよった。

「王様、よくお聞きください。お腹《なか》が痛いのは、盲腸《もうちょう》のせいです。ドクターがいうには、手術したほうがよいそうです」

「いやだ！」

手術と聞いたとたん、王様ははげしく首をふった。

「手術なんか、ぜったいにしない！」

「しかし、このままほうっておくと、もっと大きな病気になりますよ」

「いやだ！　ぜったいにいやだ！」

王様は、お腹が痛いのも忘《わす》れて、ベッドにあおむけになり、だだっ子のように両手両足をばたばたさせた。大臣は眉《まゆ》をひそめた。かんしゃくを起こすまえには、王様はいつでもこうなるのだ。いったんかんしゃくを起こされると、手がつけられない。

「わかりました。では、もう少し様子を見ましょう」

大臣は、王様に薬を処方《しょほう》するようにドクターに命じて、引き下がった。

「手術なんか、ぜったいにさせるもんか」

薬を飲んで少し痛みがおさまった王様は、あらためて決意した。

王様が手術をいやがるにはわけがあった。図書係からだといって、大臣から渡《わた》された『恐竜《きょうりゅう》の耳かすをさがせ！』のカバーの折り返しの裏《うら》に、〝手術をしてはいけません〟と書いてあったのだ。王様は、すぐにそれが図書係のメッセージだとわかった。

図書係は、王様が本を読む時は、かならずカバーをはずすことを知っていた。それで、カバーの折り返しの裏にメッセージをしるして、王様の好きな本だからと、大臣に渡《わた》し、大臣はよく調べずに、そのまま本を王様に渡したのにちがいない。

〝手術〟がなにを意味するか、王様は理解していた。『世界でたったひとりの子』に書かれている、〈成長を止めて子どもの姿《すがた》のままにする手術〉のことだ。あれは、フィクションではない。大臣たちは、〈世界でただひとりの子ども〉である王様を永遠に子どものままでいさせるために、あの手術を現実のものにしようとしているにちがいない。

どうして知ったのかわからないが、図書係はそのことを知って、王様にあの本を読ませ、手術を受けないように警告《けいこく》したのだろう。

王様は、あの本に書かれていた四十八歳《さい》の少年や百二十五歳の女の子を思い浮《う》かべて、ぞっとした。

「ぼくは子どものままでなんかいたくない。ふつうに大きくなって、ふつうにおとなになりたい。手術なんか受けるもんか……」

王様は、そう思いながら、うとうとしはじめ、やがてしずかに眠《ねむ》りはじめた。

だれかが部屋にはいってきた気配を感じて、王様は目を覚ました。はいってきたのは、大臣だった。

「王様、やはり手術をしていただかなくてはなりません」

大臣がいった。

「いやだ！」

「わがままは許しません」

大臣はいつになくきびしい顔つきでいうと、後ろをふり返って、パチンと指を鳴らした。いつのまにはいってきていたのか、ドアのそばに五人の白衣を着た男たちがいた。大臣の合図で、三人の男が王様のベッドにかけよってきた。

「なにするんだ！」

王様が叫《さけ》ぶ間もなく、ふたりの男が王様の身体《からだ》を押《お》さえつけ、もうひとりの男が王様の口にタオルを押《お》しこんだ。残ったふたりの男が、ストレッチャーを部屋に運びこんできた。男たちは、ストレッチャーに王様を乗せると、腰《こし》を両腕《りょううで》といっしょに幅《はば》広《ひろ》いゴムバンドで固定し、部屋から運びだした。

部屋の外は天井も壁《かべ》も床《ゆか》も白塗《しろぬ》りの広い廊下《ろうか》だった。男たちは、ストレッチャーをすごいスピードで走らせ、突《つ》き当《あ》たりの部屋に運びこむと、そのまま出ていった。

王様は、ストレッチャーの上で必死で身体を動かした。すると、ゴムバンドがはずれた。王様は口の中からタオルを取りだして投げすてると、身体を起こしてストレッチャーから下りた。

その部屋は、廊下《ろうか》と同じように白塗《しろぬ》りで、ホールのように広かった。窓《まど》はひとつもなく、高い天井に蜂《はち》の巣《す》のような照明器具がいくつもとりつけられていて、真昼のような明るさだった。

「ここはどこなんだろう」

王様はまわりを見まわした。部屋中に、王様が乗せられたのと同じようなストレッチャーが何十台もならんでいて、そのひとつひとつにだれかが横たわっている。

王様は、すぐそばのストレッチャーに目をやって、ぎょっとした。そこに横たわっていたのは、身体《からだ》つきや服装《ふくそう》からみて、王様と同じ年ごろの男の子だということがわかった。だが、その顔は、まるで百歳《さい》の老人のように、目がおちくぼみ、ほおがこけ、くちびるはひびわれ、しわが無数にはしり、髪《かみ》の毛はほとんどなかった。

王様は、ほかのストレッチャーを見てまわった。どのストレッチャーにも、王様と同じ年ごろの男の子が横たわっていた。けれど、顔はたしかに八、九歳の男の子なのに、むき出しの腕《うで》や足にしわがよって、茶色いしみが広がり、静脈《じょうみゃく》が根っこのように浮《う》き出《で》ていたり、反対に、顔はまったくの老人なのに、手足が健康な男の子のようにぴちぴちしたりしている。

みんな目を閉《と》じ、ぴくりとも動かない。死んでいるようだ。

「もしかしたら、これは……」

王様は、はっとした。

「あの、成長を止める手術が失敗した者たちなんじゃないか？」

王様はぞっとした。手術を受けたら、自分もこうなるかもしれないと思った。

その時、すぐそばのストレッチャーに横たわっていた者が、とつぜんカッと目を開き、むくりと起き上がった。すると、ほかのストレッチャーに横になっていた者たちも次つぎに起き上がった。

「こ、こいつら、ゾンビだ！」

王様は、身をひるがえして部屋をとびだした。廊下《ろうか》を走りながら後ろをふり返ると、ゾンビたちが折り重なるようにしながら、いっせいに追いかけてくる。

王様はけんめいに走りつづけた。白いトンネルのような廊下は、どこまでもつづき、ゾンビたちは執拗《しつよう》に追いかけてくる。王様は息が切れてきた。ふいに足がもつれて、よろめき、ばたりと前に倒《たお》れた。ゾンビたちがわらわらと走りよって、王様に襲《おそ》いかかった――。

王様ははっと目を覚ました。そこはいつもの部屋で、ベッドに横になっていた。夢だったようだ。その時、ドアが開いて、だれかがはいってくる足音がした。まだ夢から覚めきっていなかった王様は、ゾンビかもしれないと思って、あわてて頭からふとんをかぶった。

「王様は、なんで手術をいやがるんでしょうな」

ドクターの声がした。

「あの図書係のせいだ」

いまいましげな大臣の声が答えた。

「あいつがあの本を王様に読ませたので、王様は手術というと、例の手術をされるんじゃないかと思って、いやがっておるのだ。まったく、よけいなことをしてくれたもんだ」

「しかし、あの手術は、あまりにもリスクが大きすぎるので、取りやめになったはずです」

「さよう。もし失敗したら、われわれは世界でただひとりの子どもを失うことになるからな。あの図書係は、そのことを知らなかったとみえる」

「しかし、手術の情報は王宮の外にもれていたわけですな」

「うむ。セキュリティにもっと力を入れねばならん。あの図書係の身元も改めて調べなおしておるところじゃ」

そこまで聞いて、王様はふとんから顔を出した。下腹部《かふくぶ》の痛《いた》みがもどってきた。

「おお、王様、お目覚めでしたか」

大臣がまくらもとに身をかがめた。

「おかげんはいかがです」

「痛い」

王様はいった。

「手術する」

王様の時間

王様の一日は、なかなかにいそがしかった。朝七時に起きると、まず風呂《ふろ》にはいる。風呂からあがって着替《きが》えをすませると、朝の検診《けんしん》がはじまる。内科、胃腸科《いちょうか》、歯科などの医師が集まって、王様の健康をチェックする。医師たちの報告を受けたドクターがオーケーを出すと、朝食となる。献立《こんだて》はベテランの栄養士がカロリーを計算し、一流のシェフが材料を吟味《ぎんみ》して腕《うで》をふるう。

朝食が終わると、少し休憩《きゅうけい》した王様は、体育室に向かう。そこには国家資格を持ったインストラクターがいて、王様に〈健康体操《たいそう》〉を指導する。体操が終わると、王様は勉学室におもむく。そこには王様の勉強を手助けするために、あらゆる教科の一流教師たちが待っている。勉強が終わると、昼食。昼食のあと一時間ばかり昼寝《ひるね》して、そのあとはテニスコートで超《ちょう》一流の選手の指導でテニスを楽しむ。

テニスの汗《あせ》を風呂《ふろ》で流したあとは、アンドロイドの友だちと遊んだり、図書室で本を読んだりする。そして夕食。夕食を終えると、王様は自室に引き取り、ベッドに行くまで図書室から持ってきた本を読んだりゲームをしたりして、ひとりで過ごす。もっとも、王様の部屋や寝室《しんしつ》には隠《かく》しカメラがとりつけられていて、モニターでチェックされているから、厳密《げんみつ》にはひとりではないかもしれない。

体操《たいそう》の時と朝食・夕食の時には体育室と食堂にテレビカメラがはいって、王様の体操と食事の様子がライブ中継《ちゅうけい》される。このライブ中継は〈王様の時間〉と呼《よ》ばれ、世界の九割《わり》ちかい人びとが観る。人びとは、職場や家庭で、世界でたったひとりの子どもが、元気に体操したり、機嫌《きげん》よく食事するのを観て、安心し、癒《い》やされ、今日一日や明日への勇気をもらうのだ。

雨の日は、王様はテニスコートに出ず、自室にこもって人びとから寄せられた手紙を読む。山のように寄せられる手紙から、手紙係があたりさわりのない内容のものを選んで、王様のところへ持ってくるのだ。

王様、テレビで王様のお元気なお姿《すがた》を拝見《はいけん》して、とてもうれしいです。わたしは、仕事でミスをしてちょっと落ちこんでいたのですが、王様のはつらつとしたご様子にはげまされました。もう大丈夫《だいじょうぶ》です。明日からがんばります。

王よ
世界でただひとりの子よ
そなたは光
そなたは太陽
この空の下
いついつまでも
希望の光で満たされんことを

わたしは九十歳《さい》の老婆《ろうば》です。いつ死んでもいい年ですが、王様がかわいくてかわいくて、とても死ぬことはできません。この先、百歳までも二百歳までも生きます。王様も、わたしが生きている間、どうか、ずっと子どものままでいてください。

こうした手紙に目を通して、王様は返事を書く。といっても、「お仕事、がんばってください」「ありがとう」「どうか二百歳《さい》まで生きてください」と、どれも短いものばかりだった。それでも、王様直筆《じきひつ》の返事をもらった人たちは、とびあがるほど喜んで、家宝《かほう》として額に入れて飾《かざ》った。

王宮の中だけで暮《く》らしている王様にとっては、〈王様の時間〉を観《み》た人たちから寄せられる手紙がただひとつの外の世界との接触《せっしょく》だったから、王様はいつでもていねいに手紙に目を通していたが、そのうちに、おかしなことに気がついた。ある手紙に、こんなことが書いてあったのだ。

王様、お元気ですか。〈王様の時間〉、いつも楽しく観させていただいております。とくに体操《たいそう》はわたしのお気に入りで、王様といっしょに身体《からだ》を動かしていま す。ほんとうに王様は体操がお上手ですね。先週の金曜日の体操の時なんか、あまりにお上手なので、わたしは自分の動きもわすれて、みとれてしまいました……。

この手紙を読んで、王様は首をかしげた。

「おかしいなあ。たしか先週の金曜日は風邪《かぜ》をひいて、体操は休んでたはずだけど」

王様は大臣を呼《よ》んで、聞いてみた。

「ああ、これですか」

大臣は手紙を読んで笑った。

「これは、ビデオを流したのですよ」

「ビデオ？」

「はい」

「どうしてビデオなんか流すんだ」

「だれもが、王様がいつもかわらずお元気でおられることを心から願っています。ちょっとでも王様のおかげんがお悪いとわかったら、もう、何十万、何百万という人たちが、心配して、王宮におしかけてきますからね。王様の体調がお悪い日には、いつも以前とったビデオを流しているのです」

「なんだ、そうだったのか」

王様は納得《なっとく》した。

ところが、それからしばらくして、また不可解なことが書かれた手紙が王様の手元に届《とど》いた。


王様、わたしは栄養士です。このたびは、とてもうれしいことがありましたので、はじめてお便りいたします。

先月、五月三日放映《ほうえい》の〈王様の時間〉の夕食の時、王様はピーマンサラダをおいしそうに召《め》し上がっていらっしゃいました。そして、サラダを全部たいらげられました。わたしは、これがうれしかったのです。

ピーマンには、体にいい栄養素がたくさんふくまれています。ですから、王様には、たくさんピーマンを食べていただき、いついつまでも健康であってほしいのです。

王様、ピーマンを食べていただき、ありがとうございます。栄養士として、お礼を申し上げます。


「また、ビデオを流したのかな」

王様は、手紙を読み終えてつぶやいた。五月三日はお腹《なか》をこわして、食事は朝も昼も夕食も部屋のベッドでおかゆを食べただけだった。

「でも、ちょっとおかしいなあ」

たしかに、王宮の栄養士もピーマンの栄養価を考えて、毎日の夕食にトマトやニンジン、タマネギやジャガイモ、カボチャやレタスなどにピーマンをまぜたピーマンサラダをかならず出す。けれど、王様はピーマンがきらいなので、ピーマンをよけて、ほかのものだけ食べる。大臣がもっとピーマンを食べるようにしつこくうながしても、首を横にふる。

「ぼくがピーマンをおいしそうに食べるなんてことないし、全部たいらげるなんて、ぜったいにない。この人、ほんとにビデオを観《み》てたんだろうか」

あとで大臣に聞いてみようと思って、王様はその手紙を封筒《ふうとう》にしまい、次の手紙を手にとった。その時、ドアがノックされた。

「はいれ」

ドアがそろそろと開いて、手紙係が腰《こし》をかがめながらはいってきた。

「王様、大臣がもう一度手紙を検討《けんとう》させていただきたいと申しておりますので、おそれいりますが、おもどしいただけますでしょうか」

手紙係が恐《おそ》る恐るいった。王様への手紙は、手紙係が内容を読んで選んだものを、大臣がチェックしてオーケーを出すのだ。どうやら、大臣はチェックしたあとで、なにかに気づいたようだ。

しばらくすると、手紙係がふたたび手紙のたばを持ってきた。王様は、全部の手紙に目を通した。そのなかに、最初に読んだ栄養士からの手紙はなかった。大臣がぬきとったにちがいない。

「あの手紙のどこがまずかったんだろう」

王様は首をひねった。そして、はっと気がついた。

「あの栄養士が観《み》たのは、ビデオじゃなかったんだ……！」

王様の夕食の献立《こんだて》は、ピーマンサラダはべつとして、毎日かわる。そして、王様の着るものも毎日かわる。同じ体操着《たいそうぎ》と同じ体操なら、以前の時のビデオを流しても問題ないが、夕食はそうはいかない。献立と服装《ふくそう》が以前のものと同じだったら、テレビを観た人たちがめざとく見つけ、王様になにかあったのかと、すぐさま王宮におしよせるにちがいない。

だから、夕食はぜったいにライブでなくてはならない。そのためには、王様が夕食を食べなかった場合にそなえて、王様の身代わりを用意しておかなければならない。

「あの栄養士が観た夕食は、ぼくじゃないぼくが食べていたんだ。そのぼくが、ピーマンサラダをおいしそうに食べてたんだ……」

大臣は、あの手紙を読んで王様がそのことに気がつくのを恐《おそ》れ、手紙を回収《かいしゅう》したのだろう。

——この王宮には、もうひとりのぼくがいる！

思いもかけなかった発見に、王様は呆然《ぼうぜん》とした。

王様と地震《じしん》

王様は、ときどき王宮の中を散歩する。ほんとうはひとりでぶらぶら歩きたいのだが、そうはいかない。かならず、お付きの者がそばにつきそい、前後に数人ＳＰがつく。

「ひとりでぶらぶらしたいんだ！」

大臣に何度もいってみたが、いつも首を横にふられた。

「王様は、世界でたったひとりの子どもです。世界中の人びとの希望の星です。その王様に万が一のことがあったら、わたしは世界中の人びとから恨《うら》まれて、それこそ首をくくらなければなりません」

大臣は、王様を護《まも》るのは自分のためだといわんばかりだった。

それでも王様は、お供《とも》をつれて週に三回は王宮の中をぶらついた。王宮はとにかく広いので、何度歩いても新しい発見がある。王様がとくに気に入っていつも足を運ぶのは、武器庫だった。そこには、昔ふうの剣《けん》や槍《やり》、弓矢、鉄砲《てっぽう》、盾《たて》などがところせましと納《おさ》められ、壁《かべ》ぎわにはさまざまな時代の甲冑《かっちゅう》がずらりとならべられていた。

王様は、武器庫にいる間は、お付きの者やＳＰを入り口に待たせて、中にはいらせなかった。大臣が、危険《きけん》だからと口をすっぱくしていさめたが、王様は床《ゆか》に寝《ね》っころがって足をバタバタさせてだだをこね、わがままをとおした。しかたなく大臣も王様のいうとおりにした。

王様は、いつも武器庫で一時間あまり過ごした。剣や槍をさわり、甲冑をなでては自分が戦場で勇ましく戦うさまを想像した。王様は、世界でたったひとりの強い子どもになりたかった。

そのうちに、お付きの者やSPも慣れてしまって、王様が武器庫にいる間は、外の廊下《ろうか》でたばこをすったり、おしゃべりをしたり、いねむりをしたりして過ごすようになった。王様が武器庫で過ごす時間が長ければ長いほど都合がよかった。

ある日のことだった。王様がいつものように武器庫にこもっていると、とつぜんはげしい地震《じしん》が起きた。床がゆれ、壁がくずれ、天井が落ち、剣や槍や弓や盾や甲冑が大きな音をたてて倒《たお》れた。王様は、倒れた甲冑の下敷《したじ》きになって気を失った。

気がつくと、王様はベッドに横になっていた。ベッドのほかに本棚《ほんだな》と机《つくえ》と椅子《いす》、それに衣装《いしょう》ダンスのようなものしかないガランとした部屋だった。机の上に大きな燭《しょく》台《だい》があり、ランプが灯《とも》っていて、部屋の中をほの明るく照らしていた。机には小型のディスプレイも置いてあった。

「気がつきましたか」

ふいに声がしたので、王様はびっくりして身体《からだ》を起こした。ベッドのすその薄暗《うすくら》がりに、人影《ひとかげ》が立っていた。

「だれだい、お前」

「おどろかないでください」

人影《ひとかげ》は、ゆっくりと明るいところに出てきて、王様の前に立った。

「お、お、おま、おま……」

王様は、のどに詰《つ》め物《もの》でもされたように、ことばが出てこなかった。目の前に立っていたのは、自分だったのだ。

「おま、おま、え、は、だれ、だ」

「わたしは、アバター。王様の身代わりアンドロイドです」

「ぼくの身代わりだって？」

「ええ。王様のご都合がお悪いときには、いつでもわたしが王様のかわりをつとめます」

「そうか。お前が、もうひとりのぼくだったんだ！」

王様は、自分の身代わりアンドロイドを穴《あな》のあくほどながめまわした。頭のてっぺんから足の先まで、まったく自分と同じだった。身につけている服も同じだった。だれが見ても王様だと思うにちがいない。完璧《かんぺき》すぎて気味が悪いほどだった。

「このまえ、夕食の時、ピーマンのサラダをがつがつ食べたのは、お前だな」

「はい。王様がピーマンがおきらいなのをうっかりわすれて、いっぱい食べてしまい、大臣にたいへん叱《しか》られました」

「アンドロイドでも、人間の食べるものを食べるのか」

「ふつうのアンドロイドは食べませんが、わたしは、人間の食べものを食べて消化できるように作られているのです」

「お前のことを知っているのは、どのくらいいるんだ」

「大臣と側近《そっきん》の二、三人だと思います。大勢の人にわたしのことが知れると困《こま》りますからね。わたしは、だれにも疑《うたが》われずに、王様の身代わりをつとめなければならないんです」

アバターはそういって、部屋の中を示すようにひらっと手をふった。

「あの本棚《ほんだな》には、王様が読まれる本や学習参考書と同じものがそろえられています。わたしは、それを読んで、王様と同じ勉強をします。衣装《いしょう》ダンスには、王様と同じ服がいっぱいつまっています。朝、王様はその日どんな服装《ふくそう》をなさっているか知らせがはいるので、わたしはそれと同じ服装で、いつ王様に代わってもいいように待機しているのです」

「そういえば、ここはどこなんだい？」

王様は、あたりを見まわした。

「ここは、武器庫の下にある地下室です」

「武器庫の下?」

「はい。さっきすごい揺《ゆ》れを感じたので、武器庫の様子を見に行きました。そうしたら、王様が甲冑《かっちゅう》の下敷《したじ》きになっておられたので、ここへ運んできたのです。どこかお怪我《けが》はありませんか」

そういわれて、王様は、全身を見まわした。どこも怪我はしていない。ただ、肩《かた》のあたりに痛《いた》みがあった。倒《たお》れてきた甲冑に打たれたようだ。

その時、机《つくえ》の上のディスプレイがぱっと明るく光って大臣の顔がうつしだされ、声がながれてきた。

——そっちのぐあいはどうだ。

アバターは、身をひるがえして机にかけよると、ディスプレイに向かっていった。

「かなり揺れましたが、とくに変わったことはありません。大丈夫《だいじょうぶ》です」

どうやら、テレビ電話のようだ。

——そうか。王様が武器庫におられるはずなんだが、ドアがかしいで、開かなくなってしまった。今、外から壊《こわ》して開けようとしているところだ。とにかく、中の様子がわからない。お前、行って見てきてくれ。そして……。

大臣は、一瞬《いっしゅん》いいよどんだが、すぐに思い切ったようにことばをつづけた。

――もし王様がレベル3《スリー》だったら、すぐに行動にうつせ。

「はい。でも、王様はここに――」

アバターは、ことばを切って、王様をふり返った。王様は、はげしく首をふっていた。

――なんだ？

「いえ、なんでもありません。おっしゃるとおりにいたします」

――たのんだぞ。わしもすぐ武器庫にかけつける。

ディスプレイから大臣の顔が消えた。アバターは、ゆっくりと王様のそばにもどってきた。

「大臣に、王様はここにいるといおうとしたんですが、王様が首をふっていたので、いうのをやめました」

「ありがとう。ぼくがここにいることが大臣にわかったら、なんだかまずいことになりそうな気がしたからなんだ」

ピーマンのことから考えると、なぜだかわからないが、大臣は、アバターの存在《そんざい》を自分に隠《かく》そうとしているらしいと、王様は感じていた。

「では、ベッドをおりて、こちらへおいでください。ドアが破られるまえに、王様は武器庫にいなくてはなりませんからね」

アバターは、王様を部屋の右隅《みぎすみ》につれていった。そこには細い階段《かいだん》が上にのびていた。上までのぼりきると目の前は壁《かべ》になっていたが、下の方を押《お》すと、壁の一部が四角く切り取られたかのように上に持ち上がった。

ふたりは、壁にあいた口から武器庫にはいった。ドアになにかが打ちつけられるどすんどすんという音が耳を打った。

「さっき倒《たお》れていたとおりにしてください」

アバターがいった。

「わかった」

王様は、倒れている甲冑《かっちゅう》の下に横になった。

「それでいいです」

アバターが壁の口から地下へ消えるのと、ドアが破られてどどどどっと大勢の男たちが武器庫になだれこんでくるのと、ほとんど同時だった。

「王様はどこだ！」

「王様を探《さが》せ！」

「王様、王様！」

部屋中に散乱《さんらん》している武具をかきわける音と男たちのどなり声が交錯《こうさく》した。

「ここだよ」

王様は、甲冑の下から立ち上がった。

「おお、王様！」

「王様！」

「王様！」

男たちがかけよってきて、ひとりが王様を抱《かか》え上げると、ほかの者がそのまわりをとりかこむようにして、武器庫から連れ出した。

その時、大臣がころがるようにかけつけてきた。

「王様、よくぞご無事で……」

大臣は、ほっとしたように、その場にひざまずいた。

王様は、そんな大臣を見つめながら、レベル3ってなんだろうと考えていた。

王様の身代わり

地震《じしん》で壊《こわ》れた武器庫は、しばらくすると修復された。王様は、また武器庫通いをはじめた。以前は週に三回ぐらいだったが、地震後は毎日のように武器庫に行った。もちろん、目的は武器や甲冑《かっちゅう》ではなく、例の壁《かべ》の穴《あな》から地下室に下り、身代わりアンドロイドのアバターと話をすることだった。

「お前のことを知っているのは、だれとだれだい」

王様はあらためて聞いてみた。

「大臣とドクターと、それから、わたしの先生です」

「先生？」

「ええ。わたしに勉強を教えてくれる人です。わたしは王様の身代わりですから、勉強でも王様と同じようにしなくてはなりませんからね。なんでも、わたしの先生は、大臣の亡《な》くなった奥様《おくさま》の弟だそうです。つまり、大臣にとっては義理の弟ということですね。先生が自分でそういってました」

「その〝先生〟っていうのは、どんなやつなんだい」

「そうですねえ」

アバターは、ちょっと首をかしげた。

「なんだか、いつも怒《おこ》ったような顔をしている人です。ここへ来るたびに、『おれは、アンドロイドなんかに勉強を教えるためにここにいるんじゃない』などと、口ぐせのようにつぶやいています」

「ふうん。なんでそんなこというんだろうな」

「さあ、わかりません」

アバターは、当惑《とうわく》したように答えた。

王様は、これまで大臣の義理の弟に会ったことはなかったが、それからしばらくして、会う機会があった。王様の学習を担当《たんとう》している教師のひとりが体調をくずしたので、そのかわりにやってきたのだ。やたら愛想《あいそ》のいい四十代の男だった。

「王様、わたしは大臣の弟のMです。どうかお見知りおきください」

男は、自分からそういって、うやうやしくおじぎをした。

それから授業がはじまったが、Mは、

「王様、よくおできになりましたね」

「すごい、すごい！」

「天才ですよ、王様は」

などと、おおげさに王様の勉強ぶりをほめた。王様は、その口ぶりがなんだかうそっぽくて、ほめられてもあんまりうれしくなかった。

Mは、それから三回ばかり授業をしたが、そのたびにおおげさにほめちぎるので、もとの教師がもどった時には、王様はほっとした。

「あの男、あんまり好きじゃない」

アバターにいうと、アバターは笑った。

「でも先生は、王様をうんとほめておいたから、きっと自分のことをよく思ってくれるだろうといってましたよ」

「お前のことは、ほめるの？」

「いいえ。ほめられたことはありません」

アバターは首をふった。Mにしてみれば、本物の王様ならともかく、アンドロイドをほめても意味がないということだろう。

身代わりアンドロイドは、王様から見ても、自分にそっくりだった。テレビで観《み》ているかぎりでは、本物と区別はつかないだろう。けれど、王様と身近に接する者たちはどうだろうか。体操《たいそう》や夕食の時などは、短い時間だからごまかせるかもしれないが、長い時間ずっと本物だと信じさせることはできるのだろうか。

王様は、たしかめてみることにした。そこである日、アバターにこういった。

「今日は、ぼくはここにずっといることにする。そしてお前は、あした交代するまでぼくのかわりをつとめるんだ」

「どうしてそんなことをするんですか」

アバターは、不思議そうな顔で王様を見た。

「お前が、短い時間じゃなく、ずーっと長い時間ぼくのかわりをつとめられるか、ためすんだよ」

「わかりました」

アバターは、すなおにうなずくと、階段《かいだん》をのぼって、壁《かべ》の穴《あな》から武器庫に姿《すがた》を消した。

あとに残った王様は、本棚《ほんだな》、机《つくえ》、衣装《いしょう》ダンス、ベッドがあるだけの殺風景な部屋をあらためて見まわした。なんだか、自分が身代わりアンドロイドになったような気がしてきた。

その晩《ばん》、王様は夢も見ないでぐっすりと眠《ねむ》った。朝目が覚めて、いつもとちがう部屋の様子にちょっとパニックになりかけたが、すぐに前日のことを思いだした。

「そうだ。ぼくは身代わりアンドロイドだったんだ」

王様はくすくす笑いだした。

〝本物の〟身代わりアンドロイドがもどってきたのは、お昼すぎのことだった。

「お腹《なか》がすいたでしょう」

アバターは、ポケットからパンと缶《かん》ジュースを取りだした。朝からなにも口にしていなかった王様は、ひったくるようにしてパンを食べ、ジュースを飲んだ。

「それで、どうだった？」

ひと息ついた王様は、アバターにたずねた。もちろん、アバターがここにもどってきたのだから、何事もなかったことはわかっていたが、それでも聞かずにはいられなかった。

「全然大丈夫《だいじょうぶ》でしたよ」

アバターは答えた。

「大臣にも見ぬかれませんでした。これだったら、レベル3《スリー》になっても、安心です」

「レベル3って、なんだい」

王様は、地震《じしん》の時、大臣がアバターに「王様がレベル3だったらすぐに行動にうつせ」といったことを思いだした。

「レベル3というのは、王様が死ぬことです」

アバターは、あっさりといった。

「ぼくが、死ぬことだって？」

「ええ。レベル1は王様が軽い怪我《けが》や軽い病気にかかった時、レベル2は、重傷《じゅうしょう》や重い病気になった時のことをいいます」

「だれがそんなことをきめたんだ」

「大臣とドクターです。わたしは、それぞれのレベルにしたがって、王様の身代わりをつとめるように指示されています」

「地震の時のことだけど、あの時ぼくがレベル3だったら、お前はどうするつもりだったんだい？」

「王様の死体をここへ運んだあと、武器庫へ行って甲冑《かっちゅう》の下に横たわり、助けだされるのを待ちます」

そのあとは、いわれないでも王様にはわかった。アバターはもう身代わりではなく、本物の王様として、世界中の人びとの前に立つのだ。

「そんなことさせるもんか。ぼくはぜったいにレベル3なんかにならないぞ！」

王様は、机《つくえ》をどんとたたいた。アバターは、黙《だま》って王様を見つめていた。

王様は、それからも何度かアバターと交代した。というのも、自分の部屋では味わえない楽しみがあったからだ。テレビだ。

地下室の机の上にあるテレビ電話は、普通《ふつう》のテレビ放送も観《み》ることができた。王様の自室にはテレビがなかった。テレビを観る時は、王様専用《せんよう》のテレビ室で観る。それも、教育的観点から観る番組が限られていて、そのほかの番組は観ることができない。テレビ室のテレビは遠隔操作《えんかくそうさ》ができるようになっていて、王様の観る番組が終わると、スイッチが切られてしまうのだ。

すべては大臣の指示で、王様がいくらだだをこねても、これだけはゆずらなかった。大臣は、王様にあまり外の世界に興味を持ってもらいたくないようだった。アバターは、地下室で王様と同じ番組を観させられていたが、ほかの番組も自由に観ることができた。しかし、興味がないので、いっさい観なかった。

いっぽう、アバターから、地下室で自由にテレビが観られると聞いて大喜びした王様は、アバターと交代する時は、お付きの者たちの目をぬすんでひそかにためこんだパンやクッキーを食べながら、寝《ね》るまでテレビにかじりついていた。

ある日、そうやってテレビにかじりついていると、とつぜん画面がかわって、大臣の顔が大写しになった。

――そっちにMが行っていないか。

大臣はいきなりいった。

「……………」

王様は、おどろきのあまり、のどにものがつまったみたいに声が出なかった。

――どうした。答えろ。

「あ、は、はい」

王様は、なんとかことばをしぼりだした。

「き、来て、いません」

――お前、どうしたのだ。様子がおかしいぞ。

大臣の目がぎょろりと動いた。

「べ、べつに、どうもしません」

――そうか。まあ、いい。Mが来たら、すぐにわしに知らせろ。

大臣の顔が消え、テレビは今まで観ていた画面にもどった。

「ふう。あぶなかった」

王様は、大きな息をはいた。もう少し大臣と会話していたら、ボロが出るところだった。

「お付きの者が話してくれたんですが、先生は、きのう、大臣とはげしい言い争いをしたそうです」

翌日《よくじつ》、地下室にもどってきたアバターが、いった。お付きの者は、王様がたいくつそうにしていると、王宮の中のうわさ話を面白《おもしろ》おかしく話してくれることがあった。

「そして、『今に見ていろ!』となって、王宮を出ていったそうです」

「ふうん。どこへ行ったんだろうな」

王様は首をひねった。

王様が、Mの行方《ゆくえ》を知ったのは、それからひと月後のことだった。

王様とクーデター

大臣の義弟《ぎてい》Mが王宮から姿《すがた》を消してから数日後、Mの部屋の机《つくえ》のひきだしの底に、大臣暗殺計画がしるされたメモが発見された。それによると、大臣の食事の際に料理に毒を入れるよう王宮の料理人に命じて、毒殺をはかるというものだった。

おどろいた大臣は、料理人を呼《よ》びつけてきびしく問いただした。けれど、料理人はなにも知らなかった。Mと顔をあわせたこともなかった。どうやら暗殺計画は、ただのMの思いつきのようだった。

大臣は、まわりの人たちにMの評判を聞いてみた。すると、Mがたいへんな自信家で、いつか大臣にとってかわろうという野心を持っていたことがわかった。

「おれが権力《けんりょく》をにぎったら、かならずこの借りを返すから」

などといっては、いろんな人から金をせびったり、いうことをきかせたりしていたという。みんな、Mのいうことなど本気にはしていなかったが、大臣の義弟ということもあって、金をかしたり、いうことをきいてやったりしていた。だから、暗殺計画などというものも、本気で考えたのではないというのが、まわりの人たちの意見だった。

それでも大臣は、

「あいつは、なにをやるかわからないところがある。暗殺計画も、ひょっとしたら本気で考えていたかもしれない。用心するにこしたことはないだろう」

といって、食事の時にはお付きの者にまず自分と同じものを食べさせ、なんでもないとわかってから、自分の口に入れるようにしていた。

みんな、大臣の用心深さを笑ったが、アンドロイドのアバターだけは、笑わなかった。

「M先生は、本気で大臣にとってかわることを考えていたみたいですよ」

と、武器庫の地下室で、王様にいった。

「わたしに勉強を教えている時でも、だれかとスマホで連絡《れんらく》をとっていて、『かならずやるから』とか、『証拠《しょうこ》はつかんでる』とか、『やつの泣《な》きっ面《つら》が見たい』などといってましたからね」

「でも、なんで大臣にとってかわりたいんだろう」

王様には、そこらへんのことがわからなかった。

「なんでも自分のやりたいようにやれるからじゃないですか。いつも、『なんでおれにやらせないんだ！』と怒《おこ》っていました」

「Mが大臣にかわったって、ぼくにはなんの関係もないさ」

王様はそう思った。

それから数日後のある夜、王様がアバターと交代して地下室のベッドで寝《ね》ていると、武器庫につうじている階段《かいだん》をおりてくる足音が聞こえた。

「いまごろ、だれだろう？」

王様は、ぎょっとして、身体《からだ》をかたくした。

いきなりぱっと明かりがついた。王様は、あわてて目を閉《と》じ、ねむったふりをした。

ベッドのわきをだれかが通りすぎていった。そっと開けた目に、Mの後ろ姿《すがた》が映《うつ》った。

Mは、部屋の隅《すみ》にいってかがみこみ、しばらくなにかがたがたやっていたが、やがて立ち上がった。カバンのようなものをわきにかかえている。こっちを見たので、王様はとっさに寝返《ねがえ》りをうった。足音が近づいてきて、Mがベッドのわきに立つ気配がした。

「これでもう、お前のめんどうをみる必要はなくなりそうだな」

Mがつぶやいた。

「アンドロイドの教育係よ、さらばだ！」

明かりが消えた。階段をのぼっていく足音が遠ざかっていき、やがて消えた。

王様は、ほっとして目を閉じた。それからしばらくして、小さな寝息《ねいき》をたててねむりこんだ。

翌日《よくじつ》、地下室にもどってきたアバターが、Mが大臣に退陣《たいじん》を迫《せま》ったというニュースを伝えてくれた。それによると、その日の朝、Mは数人の男たちと王宮を訪《おとず》れ、アバターといっしょにいた大臣のもとにおしかけると、「大臣が不正をおこなって私腹《しふく》をこやしている証拠《しょうこ》を手に入れた。ただちに退陣《たいじん》して、新しい人と交代せよ」と、一方的にいいはなって、帰っていった。

「まったくばかげた話だ!」

大臣は、はきすてるようにいったが、その顔はなぜか青ざめていたという。

王様は、Mがいっていたという「証拠」というのは、ゆうべ地下室から持ち出したものにちがいないと思った。

Mには仲間というか、支援者《しえんしゃ》、協力者がついているとみえて、連日のように各地で大臣退陣を要求するデモや集会が開かれ、その様子がテレビで放映《ほうえい》された。Mは、いつもデモの先頭に立って、集会では鋭《するど》い口調で大臣の不正を追及《ついきゅう》していた。

大臣のデモや集会がはげしくなるにつれ、王宮はぴりぴりしたムードに包まれた。大臣は、毎日のようにドクターをはじめ数人の高官たちと秘密《ひみつ》の会議を開いて、なにやら協議をしていた。警備員《けいびいん》が増強され、王宮中に散らばった。王宮の職員たちは、よるとさわると、こそこそとささやきあい、銃《じゅう》を携帯《けいたい》して歩きまわる警備員たちを横目でにらんだ。

王宮のぴりぴりムードは、王様にも影響《えいきょう》をおよぼした。勉強や体操《たいそう》はいつもどおりに行われたが、戸外でのテニスなどは取りやめになったほか、王宮内の散歩も中止された。

「なんでだよ。なんで王宮を散歩しちゃいけないんだ！」

武器庫に行かれなくなった王様は、それこそ怒《いか》り狂《くる》った。

「王宮内にスパイや裏切《うらぎ》り者がいると思われます」

大臣がいった。

「王様に万一のことがあっては、それこそ取り返しがつかないことになりますので」

大臣が恐《おそ》れているのは、王様がMにひきいられた反対勢力に誘拐《ゆうかい》されることのようだった。世界中の人びとの希望の星である王様は、また、権力者《けんりょくしゃ》にとっては権力維《い》持《じ》のための切り札だった。世界でたったひとりの子どもを手にしている者には、だれもさからえないからだ。大臣に退陣を迫《せま》っているMたちが、王様を誘拐して有利な立場に立とうとすることは十分に考えられた。

それでも、王様が盛大《せいだい》にだだをこねたので、大臣も折れ、SPの人数をふやしたうえで週二回の王宮散歩が実現した。王様にとっては、SPが何人いようが関係なかった。さっそく武器庫に行き、アバターと交代した。

王様は、大臣とMの争いにはほとんど興味がなかったが、テレビでは毎日のように報じられ、その時間がしだいに長くなっていった。

ある夜。王様が地下室のテレビでアニメ番組を観《み》ていると、急に画面が変わって臨《りん》時《じ》ニュースとなり、王宮前の広場がうつしだされた。広場はサーチライトで真昼のように明るく、こぶしをつきあげ、なにやらわめいている数万人の群衆《ぐんしゅう》でうめつくされていた。チャンネルをかえても、どこの局も同じ画面だった。

「なんなんだよ」

王様は、口をとがらせながらテレビを消すと、ベッドにはいった。

王様がもう少しベッドにはいる時間を遅《おく》らせていたら、Mを先頭に数十人の武装《ぶそう》した男たちが王宮に乱入《らんにゅう》して警備員《けいびいん》を倒《たお》し、王宮の幹部たちがあたふたと逃《に》げまどう姿《すがた》をテレビで観ることができたかもしれない。

とはいっても、王様はそのままぐっすり眠《ねむ》ることはできなかった。ベッドにはいってから一時間ばかりしたころ、いきなりだれかにたたき起こされたのだ。

「起きろ！　起きるんだ！」

どなり声とともに、毛布が勢いよくひきはがされ、両肩《りょうかた》をはげしくゆさぶられた。

「だれだ！　なにするんだ！」

王様は、ゆさぶっている手をはらいのけて、起き上がった。地下室にはこうこうと明かりがつき、目の前に大臣が立っていた。足先までとどく修道僧《しゅうどうそう》のようなフードつきの黒いマントをはおっている。

「さっさと着替《きが》えろ。ぐずぐずするな」

大臣は、いらいらした様子でどなった。王様は、自分がアバターになっていることを思いだした。

「これも着るんだ」

王様が服を着終えると、大臣は、自分が着ているのと同じようなマントをほうり投げた。王様は黙《だま》ってマントをはおった。

「フードもかぶれ」

大臣は、自分もフードをかぶると、先に立って地下室の階段《かいだん》をのぼった。武器庫を横切り、ドアの前に立った。手をのばしてノブをつかもうとしたとたん、ドアは勢いよく外から開けられた。大臣は、呆然《ぼうぜん》とその場に立ちつくした。Mが、数人の武装した男たちをしたがえて、ドアの外に立っていたのだ。

「おどろくことはないぜ」

Mは、にやりと笑った。

「あんたの考えはお見通しよ。そいつをつれて王宮をぬけだし、どこかに隠《かく》れて、三、四年たったらそいつといっしょに姿《すがた》をあらわすつもりだったのだろう。だから、あんたの行方《ゆくえ》がわからないと知って、真っ先にここへやってきたってわけさ」

Mは男たちをふり返った。

「おい、こいつをつれていけ」

男たちが大臣に歩みより、銃《じゅう》をつきつけて連れ去った。

「お前は、地下室にもどれ」

Mは、王様に目をもどした。

「いいか、よく覚えておけよ。おれは、もうお前の先生ではない。これからは、お前の主人だ。おれのいうことをきくんだぞ」

王様の目の前で、ドアがバタンと閉《し》まった。

王様の新しい朝

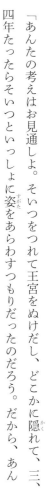

王様は、だれかにゆり起こされて、目を覚ました。

「王様、王様……」

耳もとで、ささやく声がした。

「お目覚めください、王様」

王様は、ゆっくりと目を開けた。だれかの顔が目の前にあった。

「だれ？」

「わたくしです」

声がいった。王様は、目をこすった。見覚えのある顔が笑いかけてきた。

「おぼえておいでですか」

「うん。おぼえてる」

王様はうなずいた。図書係だった。

「もどってきたんだ」

そういってから、王様は、自分が武器庫の地下室にいることを思いだした。

「でも、どうしてぼくがここにいることがわかったの？」

「そのことについては、これからお話しします。とりあえず、起きて着替《きが》えてください」

王様は、ベッドから下りて、着替《きが》えた。

王様が着替えを終えると、図書係はテレビをつけた。王宮の前の広場をうめつくした十数万の群衆《ぐんしゅう》が画面にうつしだされた。つづいて、広場に面した広いバルコニーがうつった。そこには、王宮のスタッフのほぼ全員が立ち並《なら》んでいて、最前列にはMとアバターが立ち、広場の群衆に向かってしきりに手をふっている。群衆の歓呼《かんこ》の声が何度もあがっていた。

「なに、これ。どういうこと?」

王様は、図書係をふり返った。

「新しい大臣をみんなが歓迎《かんげい》しているところですよ」

「新しい大臣って、Mのこと?」

「ええ」

王様は、ゆうべのことを思いだした。大臣もMも、自分をアバターだと思っていて、大臣はどこかへつれだそうとし、Mは自分のいうことをきけといった。どうやらアバターは、重要な存在《そんざい》らしい。

「だれが大臣でもいいや」

王様はテレビから目をはなした。

「お前がもどってきたんなら、もう好きな本をいくらでも読めるからね」

「そうはまいりません」

図書係はテレビを消すと、王様に向き直った。

「王様は、これからわたしといっしょに王宮から出て行くのです」

「どうしてさ。アバターがもどってきて交代するまで、ぼくはここにいなくちゃならないんだ」

「このまま王宮にとどまっていると、王様は、Mに殺されますよ」

「なにいってるのさ」

王様は笑いだした。

「だって、ぼくは世界でただひとりの子どもだよ。そのぼくを殺しちゃったら、世界に子どもはひとりもいなくなるじゃないか」

「アバターがいます」

図書係は、つきはなしたようにいった。

「王様は、あと何年かすれば、成長して、もうかわいらしい子どもではなくなります。けれど、成長しないアバターは、いつまでも今のままでいられます。世界中の人たちが心のよりどころにしているのは、小公子のようなけがれのない、純真《じゅんしん》な子どものイメージです。そのイメージからはずれてしまえば、見向きもしなくなるでしょう」

自分のことばが王様の頭にしみこむように、少し間をおいてから、図書係はことばをついだ。

「前の大臣は、王様が自分の権力《けんりょく》のみなもとであることをよく心得ていましたから、王様がいつまでも世界でただひとりの子どもでいられるような方法を考えました。最初に王様のクローンを作ろうとしましたが、クローンは王様と同じように成長するので、これはやめ、かわりに、『世界でたったひとりの子』という本からヒントを得て、王様の成長を止める手術を開発するようにドクターに命じました。けれど、失敗したら取り返しのつかないことになるので、取りやめになり、王様の身代わりアンドロイド——アバターを作ることになったのです。

アバターの作製は成功しました。大臣は、あと二、三年したら、王様を子どものままにしておく手術に成功したといって、王様のかわりにアバターを世界中の人びとに披露《ひろう》する予定でした。本物の王様は、もう使い道がないので、あとくされのないように殺してしまおうと決めていました。新しく大臣になったMも、同じ考えです。

ですから、王様、このまま王宮にいれば、あなたはかならず殺されるのです。おわかりになりましたか」

「うそだ！　でたらめだ！」

王様は叫《さけ》んだ。自分が殺されることになっているなんて、とても信じられなかった。

「お前のいうことなんて、信じるもんか！」

「うそでも、でたらめでもありません」

図書係は、さとすようにいった。

「わたしがなんでこんなことを知っているのか、お疑《うたが》いでしょうけど、じつはわたしはMのいとこなのです。小さい時に両親をなくし、Mといっしょに叔父《おじ》夫婦に育てられました。Mは野心家で、いずれ大臣にとってかわろうという野望をいだいていました。そして、大臣のやりくちや計画をときどきわたしに話してくれていました。

Mから、王様を子どものままにしておく手術が行われるかもしれないと聞いて、あの本を読んでいたわたしは、なんて残酷《ざんこく》なことをするんだろうと思い、王様がおかわいそうになったのです。

なんとか手術をやめさせたいと思いましたが、Mや大臣にたのんでも、聞いてくれるはずはありません。わたしにできることは、王様に警告《けいこく》するぐらいでした。それでも、やらないよりはましです。わたしはMにたのんで、図書係に推薦《すいせん》してもらい、王様にあの本を読んでいただくようにしました。

けれど、わたしが王様にあの本を読ませたことを知った大臣から、図書係をやめさせられてしまいました。わたしは、なんとか王様に警告《けいこく》したいと思って、別の本のカバーの折り返しに、メッセージを残したのです」

王様はあの時のことを思いだした。図書係のメッセージを読んで、手術をうけないとだだをこね、結局、大臣とドクターのすすめる手術が盲腸《もうちょう》の手術とわかって、どんなにほっとしたことか——。

「あとで、Mから手術の開発が取りやめになったと聞いて、わたしはほっとしました」

図書係は話しつづけた。

「けれど、アバターが作られ、さきほど申し上げたようなその使い道をMから聞いて、ぞっとしました。Mは、『大臣は、あと三年、長くて五年くらいは王様をもたそうと考えているが、おれが大臣になったら、すぐにアバダーと交代させる。どうせなら早いほうがいい。それに、アバターなら、わがままな王様とちがって、おれの思いどおりになるからな』というのです。

世界中の人たちに愛されているのに、王様にはひとりの友だちも、ひとりの味方もいません。そんなひどいことってあるでしょうか。わたしは、王様を助けようと決心しました。そのためには、王様を王宮から脱出《だっしゅつ》させなければなりません。わたしは、反対勢力にくわわり、Mとの連絡係《れんらくがかり》として活動しました。そして、とうとうゆうべ、大臣を倒《たお》し、クーデターに成功したのです。

わたしは、Mがいないすきをみて、王様に事情を話し、すぐに王宮を脱出するようにすすめました。すると王様は、困《こま》った顔をして、自分はアバターで、ときどき王様と交代する。今は王様は武器庫の地下室にいるというじゃありませんか。それでわたしは、急いでやってきたのです」

話し終えると、図書係は、あらためて王様に問いかけた。

「いかがですか、王様。わたしの話がうそやでたらめではないことが、おわかりいただけましたか」

王様は、図書係の顔を見上げた。その眼差《まなざ》しは、真剣《しんけん》さと優《やさ》しさをたたえていた。図書係の話のすべてを理解できたわけではなかったが、大臣やMが世界でただひとりの子どもである自分を守ろうとするのではなく、利用しようとしていることはわかった。

「わかった。お前を信じる」

王様はうなずいた。

「ありがとうございます」

図書係は、ほっとしたように笑《え》みを浮《う》かべ、

「では、これを着てくださいね」

といって、黒いマントを王様に着せた。それは、ゆうべ大臣が王様に着せたマントで、王様が寝《ね》る時にベッドのわきにほうり投げておいたものだ。

「まいりましょう。王宮の外に隠《かく》れ家《が》を用意してあります」

王様の頭にフードをかぶせると、図書係は先に立って地下室の階段《かいだん》をのぼっていった。王様があとにつづいた。

ふたりは足早に武器庫を横切った。ドアの前で図書係は足を止め、ドアを細めに開けて外の様子をうかがった。

「大丈夫《だいじょうぶ》みたいです。今のうちに……」

いいかけて急にふり向き、低く叫《さけ》んだ。

「隠《かく》れて！」

王様は、すぐさま甲冑《かっちゅう》の後ろに隠れた。図書係はドアを大きく開けた。足音が近づいてきて、Mがその前に立った。

「ここでなにをしている」

「アバターと話をしていたのよ。ねえ、お願いがあるの。あなたに代わって、わたしがアバターの先生になろうと思うんだけど、どうかしら」

「ああ、それはいいな。お前なら、おれの思うとおりにアバターを教育してくれるだろうからな。これから大臣就任《しゅうにん》の祝賀会だ。いっしょに来い」

「よかった。祝賀会には、もう少しアバターと話をしてから行くわ」

「わかった。待ってるぞ」

Mは、数十人の供《とも》をひきつれて、遠ざかった。図書係は、その姿《すがた》がすっかり見えなくなってから、王様を手招きした。

「たぶん宴会《えんかい》はながくなるはずです。そのあいだに隠れ家に急ぎましょう」

ふたりは武器庫を出て、通路を足早に歩きだした。通路は四方八方に迷路のようにのびていたが、図書係は王宮を知りつくしているように、まよわずに進みつづけた。

「図書係をしていた時に、好奇心《こうきしん》から王宮の中を探検《たんけん》したことがあるんですよ」

図書係は、笑っていった。

遠く近くから大勢の人声がわんわんひびいてきていたが、だれにも会わなかった。そして、人声が聞こえなくなったころ、ふたりは古びた大きな木の扉《とびら》の前に出た。図書係が力いっぱい押《お》すと、扉は重々《おもおも》しい音をたてて開いていった。

そこは、天井の高い部屋だった。天井に近い明かり取りの窓《まど》からさしこむ光の中に、無数のほこりがただよい、こわれたテーブルや椅子《いす》などが死骸《しがい》のようにつみかさなっていた。どうやら物置部屋らしい。

図書係は、椅子やテーブルのあいだをぬって、奥《おく》に進んだ。奥の壁《かべ》ぎわにちょっとした空間があり、床《ゆか》が四角く仕切られていて、丸い鉄の輪がはめこまれていた。図書係は、鉄の輪を持ち上げ、ぐいとひっぱりあげた。冷たい空気とともに、四角い穴《あな》があらわれた。上着のポケットから懐中《かいちゅう》電灯を取りだした図書係は、スイッチを入れて穴を照らした。狭《せま》い石段《いしだん》が見えた。後ろ向きになっておりると、

「狭いですから、気をつけてください」

図書係は石段を照らしだした。王様は、図書係にならって、後ろ向きにそろりそろりとおりていった。王様が石段をおりきると、図書係は床を元どおりにして、懐中電灯を前方にふり向けた。暗がりが明かりの向こうにずっとつづいているようだ。

「なに、これ。どこに通じているの?」

王様は冷気にぶるっとふるえた。

「なにかあった時のために昔つくられた脱出《だっしゅつ》用の地下道のようです。王宮を探検《たんけん》していた時、偶然《ぐうぜん》みつけたんです。すっかり忘《わす》れられて、今ではだれも知らないでしょ

う」

図書係はそういうと、少し背《せ》をかがめて歩きだした。王様は、図書係の上着のすそをつかんで、あとにつづいた。

地下道は人ひとり通れるぐらいの幅《はば》で、王様の背より少し高いぐらいだった。地面は平坦《へいたん》で、ほぼまっすぐにのびていたので、歩きやすかった。ところどころに横道があったが、どれもくずれかけていた。

十分あまり歩くと地面はややのぼりになり、やがて行き止まりになった。

「ちょっと持っていてください」

図書係は王様に懐中電灯を渡《わた》すと、目の前の闇《やみ》を力いっぱい押《お》した。すると、なにかがごろりと落ちる音がして、目の前にぽかりと明るい穴があいた。

「王様、どうぞお先に」

図書係にうながされて、王様は穴から出た。

「どこ、ここ……」

王様は、呆然《ぼうぜん》としてあたりを見まわした。目の前に大小さまざまな塚《つか》がいくつもつらなっていたのだ。塚には、これも大小いりまじった十字架《じゅうじか》や石碑《せきひ》が立っている。

「ここは、王宮の裏手《うらて》にある王家の墓地です」

あとから出てきた図書係がいった。ふたりの後ろには、ひときわ大きな塚《つか》がそびえていて、そのすそにめぐらしてある石垣《いしがき》の石のひとつが、はずれていた。ふたりはそこから出てきたのだ。

「こうしておけば、だれにもわかりません」

図書係は、石をもとどおりにはめこむと、立ち上がった。

「さあ、まいりましょう。あなたは、これから背《せ》がのびて、体も大きくなり、知恵《ちえ》もついて、おとなになるのです」

王様は後ろをふり返った。十字架《じゅうじか》が立ち並《なら》ぶ墓地の向こうに、王宮の塔《とう》や建物が見えた。もうあそこにもどることはない。

「うん」

王様は、大きくうなずいて、朝の光の中に歩みだした。

あとがき

「この世は不思議にあふれている」とよくいわれますが、この場合の〈不思議〉は、「よく考えても原因・理由がわからない、また、解釈《かいしゃく》がつかないこと。いぶかしいこと。あやしいこと。奇怪《きかい》」（広辞苑）といった意味でですが、わたしはもう少し違《ちが》ったニュアンスで〈不思議〉を考えています。

わたしたちは、確固とした目に見える現実（日常世界）にとりまかれて暮《く》らしていますが、この目に見える現実に対して、目に見えない現実もあるのではないでしょうか。この目に見えない現実は、日常世界の裏側《うらがわ》に影法師《かげぼうし》のようにぴたりとはりついていて、ちょっとした裂《さ》け目《め》からちょろりと表側に出てきます。この、日常世界の表側に現れた目に見えない現実を、わたしは自分なりに〈不思議〉と呼《よ》んでいるのです。

この〈不思議〉は、堅固《けんご》な日常世界を脅《おびや》かしたり、疑《うたが》いを抱《いだ》かせたり、時には豊かにしたりします。総じて、わたしたちがなんの疑いも持たない〈目に見える現実〉を相対化し、見直すきっかけを与《あた》えてくれます。

人は自分の影法師をつかまえることはできませんが、日常世界の裏側にはりついた影法師は、意識すればとらえることができると思います。その試みの一端《いったん》を〈不思議集〉としてまとめてみました。いかがでしょうか。

今から四十五年前、わたしは最初の短編集『おとうさんがいっぱい』を理論社から上梓《じょうし》しました。その際、絵を描《か》いて下さったのは佐々木マキさんでした。そして今回、おそらく最後の短編集となるであろう本書も、マキさんに描いていただきました。このことに感慨一入《かんがいひとしお》です。有難《ありがと》うございました。厚くお礼を申し上げます。

各作品の初出は次のとおりです。

収録《しゅうろく》にあたり、それぞれに手を入れました。

「われたお面」（学研「話のびっくり箱4年」二〇〇〇年六月）

「見るなの鏡」（書き下ろし）
「歯ぬけ団地」（書き下ろし。ジョゼ・ルイス・ペイショット『ガルヴェイアスの犬』（新潮クレスト・ブックス）より想を得た）
「白い少女」（学研「3年の読み物特集」一九九八年一二月）
「木の伝説」（鬼ヶ島通信社「鬼ヶ島通信」二〇〇一年秋）
「魔法使いの木」（日本児童文学者協会「日本児童文学」二〇〇四年四月）
「恐竜の木」（教育出版「教出ネットワーク」一九九六年五月）
「オオカミの時間」（雲母書房「子ども＋」二〇〇三年一〇月「ある日のできごと」を改題）
「誤配」（書き下ろし）
「夢のなかでピストル」（鬼ヶ島通信社「鬼ヶ島通信」二〇〇九年夏）
「穴」（鬼ヶ島通信社「鬼ヶ島通信」二〇一〇年冬）
「ゲーム」（日本児童文学者協会「日本児童文学」二〇一一年六月）
「エッグタルトに手を出すな」（書き下ろし。一度は書いてみたかった〈ハードボイルド幼年童話〉。故山元護久《やまもともりひさ》さんの「ピストルをかまえろ！」「やつにまかすな」に倣《なら》った。機会があればまた挑戦したい）

「最後の王様」（「王様の朝」（学研「5年の読み物特集」一九九五年七月）以外書き下ろし。「世界でただひとりの子ども」というアイデアは早くからもっていたが、アレックス・シアラー（『世界でたったひとりの子』竹書房）に先を越されたので、作中に利用させてもらった）

二〇二〇年一月三〇日

三田村信行

三田村信行（みたむら・のぶゆき）
１９３９年東京生まれ。早稲田大学文学部卒業。在学中から創作を始める。１９７５年、奇妙な話をおさめた短編集『おとうさんがいっぱい』で注目を浴びる。単行本『風を売る男』『オオカミのゆめ　ぼくのゆめ』『オオカミがきた』『ふたりユースケ』などのほか、「ウルフ探偵」「キャベたまたんてい」「きつねのかぎや」などのシリーズ、『風の陰陽師』（日本児童文学者協会賞）、長編ファンタジー『ぼくが恐竜だったころ』、ミステリー『八月の恐竜』、時代小説『風の城』、評伝『漱石と熊楠』など多数。２００９年、巌谷小波文芸賞受賞。

オオカミの時間　今そこにある不思議集

2020年3月　初版
2020年3月　第1刷発行

著　者　三田村信行
画　家　佐々木マキ

発行者　内田克幸
編　集　岸井美恵子
発行所　株式会社理論社
〒101-0062
東京都千代田区神田駿河台2-5
電話　営業 03-6264-8890
　　　編集 03-6264-8891
URL　https://www.rironsha.com

印刷・製本　中央精版印刷株式会社

ISBN978-4-652-20366-8 NDC913 四六判
20cm 254p

〈三田村信行の本〉

おとうさんがいっぱい

絵・佐々木マキ

本当のおとうさんはどれ？
ぼくは本当にぼく？
あたり前の一日が、とつぜん迷路のような世界に。
世にも奇妙《きみょう》な五つの怖《こわ》い話。

ふたりユースケ

絵・大沢幸子

〈生まれ変わり〉って信じる？
山あいに引っ越したユースケは、
二年前に川でおぼれた神童ユースケとそっくり。
〈生まれ変わり〉だと騒《さわ》がれる——。